偷空遊戲

Time Sneakers

蘇善——著

自序／零的無限次方

這一部作品建檔日期約莫是二〇一六年九月，但是進展緩慢，大抵是中間插入別的「急件」或「快遞」。

急件，譬如童詩。

快遞，譬如書介與小評。

寫童詩，得抓緊靈感，跟著飛；撰寫評論與主題書介則是出入異文，編捏一些藝文，表述己見。總括來說，兩枝筆都是率性而為，不似小說之拘限自由，寫小說啊，好像把自己鎖進一個高塔，自己造梯，自己爬。

於是，一個月、兩個月……

多久哪……

終於抵達。

一回首，哇！這是從地底爬上來嗎？再一個定神，往文字裡一探，異世界啊，時間與空間錯綜的舞台都是自己架設，真乃自導自演呀！

說是地底，因為得慢慢爬行，一邊注意手腕，一邊運動肩頸，更要催眠眼睛：穿街走巷當做散步森林，閃躲大燈小燈都在沐浴綠光。

說是異世界，因為好壞角色都要自己先演，美的醜的嘴臉，粗魯的溫柔的語言，偶爾拖延一段，偶爾快轉，若是走遠了，幾句話便要將背景跳接。

寫小說，身心磨練。

寫小說，花時間。

寫小說，歸零。

在小說時空往返徘徊，我駐足故事裡外，處處令人心醉。

雖然我為「時空」著迷，但是早對「穿越」無感，或許年歲漸增，不回憶，放下自己，站在當下，觀察外部世界，想像未來，因此，朝有所思、暮有所想，寫進小說裡，一幕幕轉換為奇幻風景。

奇幻，有時候是為了離開現實遠一點再遠一點，找空間，深呼吸；有時候是為了距離夢想近一些更近一些，趁時，用上拔山之力。

奇幻，讓時空平行，現實亦然，人與人錯身即平行，日日平行乃成異世界。

好比青黃黑白各踞一方。

四雙鞋，迷路的鞋兒，遇上一隻貓：「薛丁格」，生存與死亡的疊加狀態，譬如記憶，消逝卻永恆。

總之，我讓故事上場，偷空，玩起遊戲。

在公園裡，在生活裡。
一枝小小的筆，描摹一個巨大的想像。
故事讓我上場！
亦即，小說出版是零的無限次方，每一個讀者的每一次閱讀都是新鮮。

蘇善
二〇二一年六月一日定稿

偷空遊戲
CONTENTS

偷空遊戲
Time Sneakers

薛丁格

1

各就各位。

四雙鞋，踩地，稍稍挪移，雖然為彼此騰些尺寸，競爭的氣度絲毫不減，胸脯更加挺凸。

青。

黃。

黑。

白。

四雙鞋，八隻腳，圍著地上一個人孔，鐵蓋圖案是漩渦，上面漂浮四個葉片，才一瞧，漩渦竟然動了，葉片搖盪，既未翻覆也沒有被沖走；漩渦的水流一直往中心灌注，不知何處來，未知何處去。

「喵！」薛丁格提醒。

意思是：上前？占先？

等等！等等！這個哥哥幹嘛學貓叫？四雙鞋子莫名其「喵」，稍稍猶豫，卻不禁同時向前一步，碰觸人孔蓋的邊緣。

倏忽之間，漩渦晃蕩，葉片亂竄，在水面紛飛似的，爭搶鞋子。漩渦滾翻。僅僅轉瞬。

然後，漩渦靜止，本來漂浮而模糊的四個葉片，方才脈絡分明，形狀底定下來，這邊的葉尖有凹有凸，那邊的葉尖如針如鋸，恰好各據一方，顏色也跟著分出了青、黃、黑、白。

一片葉子找到一雙鞋子。

鞋底隱隱一震，腳抖直了，身體跟著一挺，幾副腦袋瞬間有張地圖快速一攤，如靈光一閃，隨即抹滅，喔不，應該是鑲嵌了！

「喵——」薛丁格再喊一聲，接著說：「我閃囉，喵——」

意思是：比賽開始。

2

遊戲規則很簡單：盯人，從別人身上掏「空」。

四雙鞋，迷路的鞋，迷路的腳。

不去學校卻轉到公園？

幸好碰上薛丁格，怪怪的哥哥，沒惡意，就是玩個遊戲：「偷空遊戲」。

四雙鞋，四條路線，各自偷取別人的「空」，累積得分。

越多越好？

看著辦。

總之，薛丁格的遊戲一定公平，絕不坑人。

3

噓……四雙鞋兒都不知道，薛丁格，本來是一隻貓……但是現在留下一條尾巴搖啊搖，其餘的，用時間換掉了。

正確來說，他用別人的時間換取自己的「空」間，這「空」間，就是他的身體，人體。

總之，他偷時間，為了變成「人」。

偷「空」。

問題是：好偷的時間，他不要。

也就是說，他專偷難偷的時間，越是難偷，越是好用。

「喔不！」薛丁格糾正自己：「不好玩！不好玩最要命！」

所以，他找了替代力。

恰好遇上迷路的鞋兒。

迷路，有不同的理由，這四雙鞋卻在相同時間相同地點遇上薛丁格。

4

有「空」，就是這麼要命，幸好薛丁格攢了九九之命。

打發迷路的鞋非常要命，喔不，文雅的說法是：指點一條道路十分棘手。所以薛丁格偶爾必須犧牲一些時間。

換個角度來看，這是邀請別人來偷他的「空」。

偷取薛丁格的時間！

史無前例！

薛丁格的時間向來有增無減，被人偷空的願望一直無法實現，他的時間不斷累積，幾乎藏滿了一條「牛奶路」。

「什麼？沒聽過貓也有『牛奶路』？」薛丁格捻捻鬚，微笑看著腕上的手錶：

「喔喔喔，祕密……」

換了口氣，薛丁格問道：「既然有了一條『牛奶路』的時間，幹嘛還偷？」

這……自問自答？

這……因為薛丁格真的太有「空」啦！

5

是了，「偷空」比「得空」刺激多了。

薛丁格寧可摔得一身痛，也不想放懶了骨頭，瘦了肌肉，麻了心眼兒。

6

「哈……嘻……」薛丁格又打了一個長長、長長的哈欠，鬍子卻因此打結，還跑到眼前，於是，就連一撩一撥的動作也像被拉長似的，比一般速度慢了好幾拍，他自言自語：「好閒啊……無論如何，勉強偷些好偷的時間來打發時間！」

偷好偷的？

用時間打發時間？

瞎搞嘛！

薛丁格舔舔手腳，真的，沒事兒，就是會把自己弄得這樣糾結！

7

好偷的時間，譬如跟老奶奶玩毛線球，老奶奶時不時打盹，頭一點，就有嘩啦啦的幾萬個毫秒落下，多到讓薛丁格懶得去撿，可是，老奶奶的時間越空，越想賴在夢裡，不願離去，直到真的留在夢裡……

因此，薛丁格告誡自己：偷「空」，要偷真「空」。

8

真「空」，存在於「混茫」。

這「混茫」啊，無法識別，所以，最難偷的「空」，就在混茫之中，因為它幾乎無縫。

無縫，因為時間好緊。

儘管薛丁格身手矯捷，也得苦苦鑽頭覓縫才行。

9

難偷的「空」，很黏的！
譬如某次，目標是一個作家，那人明明成日晃悠，薛丁格跟蹤一整天，尷尬了，那人的「空」，不是黏在屁股可以叼了便走的那種，那「空」啊，是嵌在腦袋裡！
更麻煩的是，「空」生「空」！
嘖！薛丁格不免叨唸：哪有人這樣放空，而且放在腦袋裡頭！
薛丁格放棄了，卻不禁為之擔心：「這樣能寫出什麼？」

10

難偷的「空」，無關輕重。
輕的，譬如麻雀時間，小翅拍小風，一大群，密密麻麻的，無縫！妙極了！
重的，譬如象，薛丁格算準象腳抬起和放下的時間差，結果……差點被踩扁了，因為動物園的時間根本不流動，那縫，是超時的「空」。
薛丁格不禁嘟噥：「找錯參考書，就被矇了。」

11

是啦，空間會重組時間，這不是大家都懂？

薛丁格捻捻鬚，想起一件往事：那時候，他撿到一個紙箱，一個布偶破得不能再破了，正好鋪床，不硬不軟。紙箱裡的時間早被遺忘，空間因此抽空，裡頭的物件也跟著「無價」，沒有價值，但是薛丁格可以嗅出其中的記憶，如果是口水多於漂白水，那是童年的碎片，如果是墨水多於香水，那是畫筆的揉摩，可那布偶，竟然是滿滿的淚水！

薛丁格一向討厭「哭」時間，流下大把大把的眼淚，一秒淹一分，一分醃一刻！重點是，眼淚怎麼乾的都不知道，「哭」出來的時間比無價更無價，簡直糟蹋！唉喲！不如放空腦袋，滾個半天！

「沒轍！」薛丁格不好氣自己沒有眼力，先是怪運氣然後改變方法，他因此決定：撿，不如偷，可以篩選，積少成多……總之，先偷再講。

所以，拿出「偷空」的決心，薛丁格開始蹲點。

12

蹲點，得蹲在時空的交叉點，最棒的地方是：公園。正確的說：黎明的公園。

這一座公園，本身就是晷，四季陰陽挪移，日夜黑白分際，甚至是大白天，也可以見到陰陽換替，因為大樓，東遮西掩，這邊亮過了，換那一邊掀蔭，當然，這是祕密……

祕密，而且只有薛丁格知悉，所以他才能如此恣意。

13

隨性放懶，一開始說是愜意，久了，變成癖習，薛丁格索性放棄振作，只在非常必要的時候才來重溫技藝。

「唉……怪體質，每次都在拂曉掉進深淵……」夜貓子薛丁格，哈欠連連。

不能滾回夢裡，薛丁格躺上一個長凳，想著：生來「偷空」，也不知道是為什麼會帶著這麼深的怨念……

14

晨光露出一線，薛丁格也瞇出一條縫眼。

「走走？」悄悄接近的，是朝霧。

夜貓子看見一層薄薄的空間，聲音就在裡頭晃啊盪的。

「去哪？」

朝霧回答：「四處走走。」

夜貓子又問：「遠嗎？」

「不遠不近，但是必須趕在太陽前頭。」

挪動，不如靜候。

夜貓子薛丁格搖頭：「尋縫偷空，不能走！」

喔……

朝霧稍稍晃挪，應該是懂了，下一秒飄移，再一秒就讓了光，而這光，閃入薛丁格的縫眼，一個念頭猛然浮現：騙小孩來偷時間！

15

騙小孩很有趣。

偷時間很有趣。

騙小孩來偷時間豈不加倍有趣？

何況，騙小孩來偷時間非常容易！

「抱歉啦，生而為貓。」薛丁格眉毛微微一挑。

薛丁格慢慢的笑了，右嘴角第一根「得意鬚」跟著翹起，他拍掌諂媚自己：「假遊戲之名！」

葉子之道

16

青。
黃。
黑。
白。

葉子帶鞋子。

遊戲的地圖是由葉子畫出來的。

正確來說，是葉子與葉子連接而成的路線。

葉片吸收陽光，並通過氣孔調節植物體內水分和溫度，連帶調養四季，換句話說，時間表現在葉子的顏色：青、黃、黑、白。

薛丁格記得：夏、秋、冬、春，時間就是這麼轉啊轉、走啊走……

「喵，這個遊戲從來沒人贏過……」

可不，因為沒人玩過……呵呵，薛丁格自己都覺得不好意思了。

所以，第一次就玩個簡單的，「隨便」玩！

17

「你們自己好好玩喔……」薛丁格捻了「祕密鬚」，左嘴角最底下的那一根，極淡，因此總被身體的毛色遮蓋，從來沒被發現過。

這遊戲也是，第一次找小孩來玩。

興奮的薛丁格眼睛瞇瞇的說：「有獎賞！」

喵！比賽開始！

青鞋兒

18

「到處都是青色的葉子啊……」青鞋兒嘟噥，滿眼綠蔭，哪兒都沒縫，更別提什麼「空」。

而且還是時「空」！

「對了！」青鞋兒忽然領悟：「既然是遊戲路線，一定是在地上嘛！」

19

是嗎？

薛丁格趴著，靜觀，隔空，隱形。

人孔蓋上的青色流線頓時奔騰，薛丁格瞇眼，哼了一聲：「對啦，投入就會覺得好玩！」

20

青鞋兒低頭，掃視路面。

他一路尋找葉子，青色的，而且葉尖是凹的。

21

「太棒了！」青鞋兒找到第一枚葉子，眼珠彷彿被葉片點亮，打起了一盞探照燈，隨即發現不遠之處有個長凳：一個讀書人，兩隻腳抬到椅子上，側身，可以看見一半書頁，另一半厚度大概已經讀進腦袋裡。

閱讀，安安靜靜的，翻書，這就「空」得太明顯了！

「沒事做一定有『空』嘛！」青鞋兒慶幸自己的好運，問題是：要偷，從何下手？

22

是啊，怎麼偷？

只知道要偷「空」，但是，「空」是什麼東西？誰身上有「空」可偷？

四雙鞋應該都有相同的疑問吧？
但是，誰也沒問！什麼也沒問！
譬如，偷空伎倆！
薛丁格喉頭發癢，咳了一聲，抱怨：「誰叫你們急著要玩！」

23

青鞋兒搔頭，忍住疑問，他故意經過，走了十幾步，又迴轉。
那讀書人逕自埋首，一直沒露臉，除了翻頁，身體動也不動。
「找個地方，先觀察一會兒。」青鞋兒心裡僅僅一個指令，於是，他在斜對角的花臺坐下。
青鞋兒暗想：「我得趕緊想個方法。」

24

哪裡需要百計千方？
薛丁格伸個懶腰，嘴巴一張：「哈——」

眼淚跑出眼角，薛丁格視線模糊，時光變成平流霧，把他帶回「牛奶路」，那裡最小的一顆「時間」就是讀書「空」。

25

喀嚓！

喀嚓！

一個老人手指猛按，東張西望，左偏右移，上上下下，遠遠近近，然後把鏡頭對準青鞋兒這邊。

青鞋兒趕忙掉頭、轉頸、低眉、藏臉，一連串的閃避，直到老人挪開視線，青鞋兒才抬起下巴，慢慢做出鎮定的姿態。

老人先是發愣，瞧著讀書人，然後慢慢抬起相機，同時按住快門。

不用眼睛看？盲拍？

連拍？這麼厲害？

「總之，很……沒禮貌……」青心裡嘟噥，並未阻止。

畢竟，那個讀書人自己沒有反應，似乎一直沉浸在書頁之間。

26

「停……格！」青鞋兒跟著老人的視線，看呆了！

那讀書人「膨脹」起來，好像推開時間和空間，又好像被什麼排擠出來，背景沒了，就在那讀書人的腦袋與書本之間，「空」，出現了！

裂縫！

讀書人的腦袋和書頁之間有一道微光爆開。

青鞋兒囈語：「原來『空』不是凹進去而是凸出來！喔不！是凹進去也是凸出來？喔不！既不凹進去也不凸出來……」

哎呀！

青鞋兒一再否決自己的推論。

幸好，那道光還在。

快！快！

青鞋兒猛掏口袋，左掏右掏，他以為要拿個什麼器具才能把這樣的「空」偷到手裡，然後……然後……

用什麼裝起來？

27

「連拍果然神奇！」老人一邊張嘴嘖嘖，一邊低頭檢視相機：「眼睛看不到的都給拍到啦！」

拍到什麼？

難道是「空」？我剛剛看到的「空」？

「借我看一下！」青鞋兒衝上前，伸手就撈住老人的相機同時感到一陣抗拒，他意會過來，馬上轉變語氣，說道：「好……嗎？我也很好奇……」

是嗎？

老人糾眉，舒眉，胸脯鬆了一口氣，一手托、一手放掉相機，嘴裡的驚喜繼續：「本來還想丟了相機……」

太好了！

青鞋兒腦勺的壞主意馬上搶話：「送我送我……」

「我用東西跟你換可不可以？」青鞋兒立刻逼進，因為這個主意十分可行，這麼一來，偷「空」就有了工具！

28

聰明！

薛丁格發現人孔蓋上的青色漩渦一轉起來就特別帶勁。

「用相機偷『空』……嗯……」薛丁格捻鬍，拉直驚喜鬚，「這一招等我變人之後也可以來試試……」

29

「送？」老人猶豫，但是似乎願意考慮：「換吧？」

最好是「送」啦，青鞋兒忽然記起身上沒有什麼東西是跟相機等值的，竟然說「換」？唉，太心急……

「九十九朵梔子就換給你。」

「九十九朵？梔子？」青鞋兒提高嗓門，懷疑自己的耳朵聽錯了，其實也是一邊掩飾：梔子，是什麼？水果？花？哪裡有得買？

老人順手便指向不遠處一棵「矮樹」，他說：「那株梔子本來年年盛開，今年卻像嘔氣，別說花了，連一個苞也沒有。」

跟相機有什麼關係？

老人看出青鞋兒的質疑，答道：「為了拍梔子花，我才去買相機，沒想到，花不開……」

再等一年囉？

拍別的？

青鞋兒沒直說，只是「喔」一聲，幾乎沒有聲音。

「沒意思……」老人輕嘆，但是恢復生氣，嘴角拉起，帶著笑意：「所以這個任務就交給你……」

是陷害吧？

青鞋兒頓了一下，隨即轉念：「相機可以先給我？」

借用？還是送？

老人點頭，遞出相機：「直接送你！」

哇！真的假的？我要是拿了相機就落跑呢？青鞋兒張口，心裡一堆驚訝和設問全被壓在腦後，只是覺得：太幸運了？有詭？

果然！

「你得拍照。」

「然後把照片傳給我，」老人掏出名片，指著上面的小字：「傳到我的老鼠雲。」

老鼠？雲？

「雲裡的老鼠。」老人正經解釋。

青鞋兒掏掏耳朵。

「完全加密的雲端信箱啦！」老人說：「你沒用過？」

青鞋兒稍露尷尬：「我不需要啊……」

「直接在相機上設定。」老人示範操作。

青鞋兒瞧著：不過就是按、按、按……

「哪，設定好了！」老人幾近強迫，遞出相機，指著一個大鈕：「按它就可以囉！」

簡單喔，這能完全加密嗎？青鞋兒懷疑卻又覺得自己的懷疑沒有根據也沒有半點作用。

總之，相機就此換手。

「搞定！」老人放手，送出相機，既期許又敦促的露齒而笑：「看花、拍花就交給你了。」

30

「喂，看花不是遊戲目的！」旁觀的薛丁格忍不住發出警語。

但是，有了相機……

好主意！

31

青鞋兒也想：「有了相機，偷『空』就有工具！」

「好吧！」青鞋兒點頭：「我答應！」

老人也點頭，指著那個讀書人，同時提醒：「你要不要練練手感？」

喔！

青鞋兒立刻接過相機，一碰觸，喀嚓！嚇得青鞋兒僵了手指，心裡矛盾：偷拍不好吧。

「有辦法！」老人拿起相機，摸摸瞧瞧，又遞出：「靜音模式。」

喔，厲害的老人！青鞋兒以眼光回讚。

老人微笑：「年輕人竟然不會？」

「誰用相機啊？」青鞋兒眉頭一皺，沒嗆鼻也沒頂嘴，只說：「現在都用手機玩『抖影』好不好……」

「抖什麼？」老人瞇眼，詫異一笑：「定格，才能偷空呀……」

定格，一格一秒，一張一個微笑……

老人抬手敲腦，不讓思緒遠飄。

青鞋兒耳朵像被誰拉提似的，霎時抓到關聯：所以「定格」有用？

老人卻把相機端高，也把話鋒急轉：「復古才新潮！」

青鞋兒皺眉，嘟噥：「拍好才重要……」

32

遊戲也是這樣，認真玩就好玩，而且玩一次就好……

薛丁格其實比較不擔心四雙鞋的「腳力」，因為，「葉子之道」可長可短，薛丁格可以隨時喊停，倒是「目力」，人啊，總是沒有「貓眼」。

「只有一次機會……」薛丁格不禁揪揪「祕密鬚」，右嘴角最底下那一根，「哎喲！會疼……」

這是真的！

偷「空」遊戲已經開展。

33

青鞋兒收下相機，老人離去。
趕快！搶光！
別動！
沒動！
青鞋兒也學老人：「盲拍，這會兒最管用，一眼飄向別處，不會被發現。」
更棒的是：另一眼正視「搶光」的過程。
「一頁……」青鞋兒瞄著書頁的一角緩緩拉挺然後落下，就這樣，可以連拍幾張呢？

34

薛丁格幫忙數著：「一、二、三……」
秒，在飛哪！

薛丁格的眼睛看見「飛秒」一格一格跳躍……

「就這樣！就這樣！越多越好啊，別忘了，有獎賞！」薛丁格低頭俯瞰漩渦，青色流線閃動亮點。

用相機搶光！

薛丁格記住了，他對自己說：「以後一定要記在《偷空指南》裡面。」

可不！相機，搶光，這個好點子除了管用，還讓薛丁格興起另外一個念頭：寫書！

「我一定要完成！」薛丁格大笑，口水直噴，右嘴角的「得意鬍」沾了最多，因此最重，他索性用口水洗臉，再慢慢把每根鬍鬚梳理一遍。

左邊由上而下……鬍……「祕密鬍」。

右邊由上而下：「得意鬍」……

呵，就兩根，其餘還沒命名，是囉，薛丁格抓糊了鬍，他想：不急，情緒一滿，自然有「名」有據！

35

「夠了？」青鞋兒忽然感覺按著快門鍵的指腹下有一股力量正在抗拒。

見鬼！相機自己停拍？青鞋兒心裡嘰了一句。

再按！

為了專注，青鞋兒把兩隻眼睛一起瞪向快門：「硬是不讓？」

不料讀書人收攏雙腿，身子轉正，抬眼看見青鞋兒的彆扭，問了一聲：「怎麼了？」

完了！

青鞋兒眼前一黑，是讀書人整個人站立起來，背著光，日光，所以這下子真的玩完了，不能在此人身上偷「空」啦！

36

也就是說，人家得花時間在你身上，幫你解決麻煩……

薛丁格拉拉鬍，左嘴角最橫的那一根，正中間，就叫它「煩惱鬍」。

37

「這相機……跟我不熟……」青鞋兒拱起相機又放下，總不好承認自己偷拍哩。

「喔？」讀書人不想涉入私事，輕鬆答了：「常常用囉？好像我，這一本都快被我讀破了。」

讀書人隨手撥弄，書頁翩翻，像翅膀。

「揩了我的油，滑得很！」

這是幽默還是挖苦？

「你知道嗎？我有空就讀，還是覺得糊塗！」

喔！喔！喔！我不想知道，現在沒空跟你繼續聊書、怎麼讀……青鞋兒察覺情勢怪異，連忙把相機端起：「我要趕緊去練習！」

38

哎呀！快走！讀書人的糊塗讓他自己去解讀！

薛丁格吐了一小口忿氣：「偷走人家的『空』，還不快溜？」

遊戲！

計時！

比賽！

有人追上來！

黃鞋兒

39

找著找著，葉尖是凸的，好多！
平常沒注意，這會兒一起收進眼裡，才發覺差異，黃鞋兒嘆了一口大氣，蹲下，分辨仔細。
三角、戟、箭頭、心型。
「哎呀，整片葉子竟然是一個菱形！」黃鞋兒拍掌，覺得新奇。

40

薛丁格也摸摸自己的得意鬚，喵了長長、長長的一句：「設……計！」
哼，其實葉子之道只是一個小小把戲，不想讓你們正面衝突啊……
不過，話說回來，這也是個「道理」，什麼呢？

薛丁格雙手揑指，擱在兩邊嘴角同樣位置，所以他用眼睛瞄準，大約抓到等高的鬍鬚，忽然有了靈感：「嗯，相同……不如就命名『通通鬚』？還是『直來直往鬚』？」

41

黃鞋兒才一抬頭，光點！

是鴿子！

一群鴿子拍翅衝向一個婦人，她拉著腳踏車，漸漸靠近。

這一群鴿子彷彿認識婦人，婦人也不覺驚慌。

黃鞋兒倒是停下腳步，遠觀，稍稍判斷：「彼此熟識啊……」

更多鴿子聞訊而來。

訊？鴿子通訊？黃鞋兒想起信鴿，是戰爭中的重要角色，而現在，鴿子成天在做什麼？在公園怎麼過活？

等人來餵？此刻，黃鞋兒以為得到部分答案。

「我自己呢？在做什麼？」黃鞋兒自問，自答，卻是毫無依憑。

遊戲？偷空遊戲？

42

撲！是暴動的鴿翼。

噗！是爭食的貪欲。

停好腳踏車，婦人立刻被鴿群包圍。

婦人並不困畏，一邊撒，一邊退。

而黃鞋兒盡是瞧著，像看著一幅「動」畫。

「別愣了！你也拿點什麼來餵啊！」婦人忽然轉頭，說道：「因果啊因果，天曉得你下輩子投胎會變成什麼，如果變成鴿子，你最好祈禱有個人像我，天天來餵鴿子。」

誰要變成鴿子？

平白無故被罵了！

妳又不是我媽……

呶歸呶，但是，黃鞋兒沒想出聲回擊，此刻正在進行比賽，沒空理妳！

且慢！

看來，有「空」閃爍，就在鴿群腳底！

怎麼偷呢？

43

哎喲，你千萬別和稀泥！

薛丁格胡亂揪起右嘴角一支鬚，是「焦灼鬚」，越揪越「火」。

但是薛丁格只能趴著，隔空，隱形，靜觀，人孔蓋上的漩渦本來各自穩定流動，忽然青色過來踩線，與黃色撞擊。

青鞋踩黃鞋

44

一台鬼祟的相機！

「喂！」黃鞋兒煩嘖：「搶什麼！」

青鞋兒給了一瞄，意思是：是喔，我搶光！還搶人！

搶光，是伎倆；搶人，是手段。

45

「厲害！」薛丁格看見人孔蓋上的兩條流線互抵互擋，但是漩渦流速不變。

薛丁格忽然想起來，摸出口袋裡的筆記本，翻開本子，中間夾著一枝短筆，他拿筆沾沾舌頭，然後寫下：「可以踩線。」

下一次比賽我會記得先說啊……

薛丁格心懷抱歉，希望四雙鞋不要計較太多。

46

「你幹嘛搶人？」

「誰說不行？」

「各憑本事！」青鞋兒端起相機，顯示早有法子。

黃鞋兒不甘示弱，卻也佯裝風度，隨口搪塞：「請便！我撿我的。」

「真的假的？」青鞋兒瞪眼：「哪有那麼簡單？」

是囉，青鞋兒後腦勺還在斟酌如何甩掉老人的「交換條件」呢！

「撿！」黃鞋兒固執自己的說詞：「撿！等鴿子全部飛走！」

哼！我倒要看看你會撿到什麼！青鞋兒鼻子一哼，擺出架式，他說：「那麼，先看我的！」

47

喀嚓！

喀嚓！

無聲捕捉無形，數位相機果然好用！

青鞋兒穩住手肘，依然盲拍，因為他開始喜歡「目擊」時間的流動，他用右手輕觸快門鍵，左手托著，他用右眼留意相機，左眼盯住鴿群。

撒了！

婦人撈起一把玉米，鴿子立刻擁簇上前，沒在地上搶到位置的，就飛撲到半空。

搶光！

鴿子拍翅之瞬，「空」掉出來了！

連拍！

青鞋兒的右手食指幾乎就一直壓在快門鍵上，這一按，捕了多少「飛秒」啊！

「有動就有『空』吧？」青鞋兒猜測，而且，一個婦人和一百隻鴿子互動，絕對勝過一個讀書人安安靜靜坐著，「飛秒」被那樣撲，肯定會掉滿地！

48

想得美！

「飛秒」被翅膀一撲就會掉滿地？薛丁格懷疑，但也不能全盤否認如此推理，玉米，包子米，包的正是時間，種子曬乾，是等待時機，一旦被鴿子吃進肚子又拉了出來，然後落地……

49

呵！真厲害！

黃鞋兒睜大眼睛，也在一旁看見了時「空」被抓進相機，一面感覺驚奇，卻也一面暗自著急，他想：全給相機捕去，還剩多少呢？

婦人卻問了：「拍照有那麼重要嗎？不如幫忙想想鴿子的下一頓在哪裡？」

青鞋兒不理，右手稍稍使勁，握穩了，他可不要拍糊了，影像重疊，會不會就沒有「空」隙？

50

薛丁格自言自語：「呵，『空』不是這樣算的……」

至於怎麼算呢？薛丁格從未懷疑！全部丟進「牛奶路」就是哩！

有比「飛秒」更大的「空」嗎？或者更小的？

「糟糕！計算單位未明，計算公式未定，這個遊戲有瑕疵！」薛丁格搗口，深怕被人聽見，跑去通告鞋兒們，那就沒得玩囉。

薛丁格不禁抱頭，把臉埋進毛髮裡，他閉起眼睛，黑暗中於是漸漸浮起「牛奶路」的地貌，他點頭合計：「大大小小，一、二、三……」

哎呀！好多！等遊戲結束再來盤點……

「看來，青鞋兒玩上手囉！」薛丁格甩開數字，抬頭盯著漩渦，「偷空」遊戲繼續。

51

「好啦！」青鞋兒收起相機，但是露出得意：「剩下的，留給你去撿吧！」

「少臭屁！」黃鞋兒先做出面子，再搬出理論：「你不知道掉在地上的比較重留？

噴！青鞋兒嗤笑，搖頭。

「少說也會有十倍大吧？」

「是嗎？」青鞋兒提問：「你測量過？」嗎？」

黃鞋兒無法立即回答，索性撲向鴿子。

嘩！鴿子全被趕跑了，地上露出飼料，黃鞋兒探手，一邊翻一邊撥，穀粒大小不一，有些尖、有些圓、有些唾液未乾，還有一些黑黑癟癟，都不像……

像什麼呢？

玻璃珠！

黃鞋兒眼睛一亮，他立刻喊道：「玻璃是凝固的時間！」

是嗎？青鞋兒不作聲，故意忽略，卻是暗暗搜尋記憶和印象，是誰說過？是寫在哪一本課本上？

青鞋兒審視地上的殘屑，推論：「這麼大顆的『玻璃』，怪嚇人的，喔不，是嚇到鴿子，而且這麼大顆，肯定不好啄，也吞不下去，所以被捨棄了。」

鴿子聰明，能消化的，才會吃下去。

同樣的道理：偷「空」，拿到手，才算數。

「所以，一顆圓圓的，『空』在哪裡？」青鞋兒努力岔題，喔不！是拉回正題，他也不想對手提早出局。

52

好問題！

竟然幫了對手一把！好熱心！

薛丁格胸口一揪，他捧心，嘴角瞬時彈出一根鬚，竟然也是玻璃的！

「『玻璃鬚』！」薛丁格開心的命名，隨即自問：「意思是？」

只聽過「玻璃心」哪……

53

玻璃？

玉米？

重點是：「空」在哪裡？

考慮半晌，黃鞋兒決定：「我選玉米，因為玻璃的時間死了。」

「玉米活著？」

「你沒聽過嗎？如果一粒玉米不『屎』，我是說：變成鴿屎，時間就會被包裹著，『空』就會在那裡！」

「哇，好有哲理！」青鞋兒左手彈指，給出真心讚賞。

黃鞋兒臉頰微燙，搔頭，囁囁嚅嚅，承認：「不好意思……我是……模仿造句，呵……還用了諧音……」

「我懂！」青鞋兒點頭微笑，再問：「所以，你認為每一顆玉米都有『空』，你要把所有玉米都撿起來嗎？」

「應該不會……只撿完整的。」黃鞋兒聳肩，沒生氣，反而認真考慮對方的問題：「玉米落地，生出更多玉米，也就是說，不落地，時間就會『空』在那裡？」

54

是這樣嗎？

薛丁格瞧著青鞋兒和黃鞋兒互相詢問、解答。

「蠻好的……」薛丁格感覺滿意：「遊戲，不是為了製造勁敵，也許可能產生友誼？」

出乎意料的遊戲副作用……

摸摸嘴，感覺上唇中央有一隻短髭刺刺的，所以薛丁格又起了玩興：「新鬚……」

新鬚，是小小心虛啊……

55

黃鞋兒仔細挑了挑，完整的乾玉米不到十顆，他放在右掌心掂了掂：「幾乎沒有重量……」

這句話惹得青鞋兒提出另一個疑問：「『空』有沒有重量？」

56

哈……光想也不能想出個大道理。

薛丁格心裡小聲建議：比較，去找一些實體……哦……我是說，繼續遊戲！

57

黃鞋兒撥弄掌中的玉米粒：「所以『空』因人而異？」人？

青鞋兒和黃鞋兒不約而同尋找最近的「人」……

餵鴿子的婦人！

「怎麼有空來這裡？」

「天天來嗎？」

「為什麼？」

「難道有什麼目的？」

聽了一連串問題，餵鴿子的婦人，偏頭又轉頭，莫名其妙，只得一會兒搓揉袋子、一會兒踢土揚塵。

黃鞋兒補了一句：「也是要偷『空』的？」

青鞋兒也補一句：「來攪局？」

婦人再也聽不下去，她狠狠的回瞪青鞋兒和黃鞋兒，吼了一句：「我高興可不可以？我喜歡可不可以？」

啊？

純粹高興的時間就會有「空」隙？

58

「哈、哈、哈」轉成「喵——喵——喵——」

薛丁格笑岔了氣，從貓軀滾成人體，一下子又從人體滾回貓軀。幸好這一幕隔空變異沒被看見，否則，遊戲受到波及，可就攪亂了薛丁格的盤算……噓！

薛丁格重拾鎮定，他捻了又捻，是那捻了最多次的右嘴角最底下的「祕密鬚」，鬚！

可不！遊戲剛剛開始，看下去！

搶光。

不死的玉米。

純粹高興。

「人類果然聰明，伎倆、型態、志趣竟然都能捉空！」薛丁格雖然設了局，青鞋兒和黃鞋兒的表現在算計之內卻又在預料之外，有意思……

59

沒意思！

婦人悻悻然，彎腰拍了拍褲管，再往身上撣了撣，她突然抬頭，說道：「我喜歡看這些鴿子在天空飛翔……」

啊，原來是這樣……

雖然看不到婦人的眼神，但是婦人的肢體放鬆了，兩手下垂，手掌微張，好像羽翼一般。

啊，自由……

黃鞋兒微笑，心裡想著：所以，「餵鴿子」變成「寄託」還是「信仰」？

「但是餵鴿子會被要罰錢？」青鞋兒把浪漫的飛行拉回殘酷的現實。

「……」婦人頓時啞口，假意承諾：「我……明天……不來了！」

然後，婦人轉身就走。

60

哈！哈！

兩雙鞋，兩倍的懷疑，就連婦人自己的背影，也透露訊息：只要沒人檢舉……

青鞋兒提起相機，望著觀景框，回想：「可能沒拍到臉？」

「啊……」黃鞋兒緩緩點頭，他聽懂了！

算了！

青鞋兒放下相機，東張西望：「再找誰呢……」

黃鞋兒反而注視掌中的玉米粒，嘴邊低語：「這些玉米原來還藏著想像『空』間，未來的時『空』……」

「喂！回來！思緒回來！不能飄遠！」青鞋兒又招手又揮手，好像眼前的對手距離好遠，而且，他打算直接把偷「空」變成偷「拍」，他打算……不用腦筋。

黃鞋兒一聽，有些反應，他同意：「繼續腳踏實地……」

「那麼，各走各的？」

「別再跟我搶人？」

青鞋兒舉起相機，示敵：「呵，你少了利器！」

「所以我才要動腦筋。」黃鞋兒聳肩，右掌拱著玉米粒，左手食指敲敲腦袋，然後補了一句：「在這裡翻騰時空。」

61

喔……薛丁格跟青鞋兒一起點頭，可是……

「所以兩個不夠！」薛丁格對自己說：「四個玩家最適合啦，四，四啊，四平八穩是不是？」

要不要挑一根鬚就這麼命名呢？

黑鞋兒

62

這是一雙最新的黑鞋兒，也是一雙最舊的灰鞋兒。

「潮！」右腳黑鞋動了動。

左腳黑鞋也動動，表示明白，然後附和：「新變舊，是時間流動，當然就是『潮』囉！」

哈哈哈！

兩隻黑鞋被彼此逗樂，索性一跳一躍，兩隻腳在半空互擊，表示默契以及情「投」意「合」。

而結論是：「快追！遊戲不能落後！」

63

是囉，雖然遊戲的最高境界是「有我無我」，但是薛丁格不得不「喵」了：「別忘了！對手！」

薛丁格當然不能介入，他只能一旁看著人孔蓋上的漩渦，時而無波，時而奔流。三枚葉子，三條流線，青、黃、白，顏色分明，另外一條，黴黴的。

「黴黑，是不會搞混啦，就怕你玩到一半先壞掉……」

遊戲中止？

「這可不行！」薛丁格開始擔心，有一根鬍偷偷抽了一下。

那是「嗒呼鬚」，薛丁格心底漾起一個壞主意：作弊……

「嗯哼……應該……不行……」

「不行……」

「沒人監督……」

嗯哼！薛丁格捻了捻左嘴角第一根鬚，為了安撫自己的「嗒呼」，他裝起正經：「為了表示公平，不如我在《偷空指南》再加一條：一律只穿新鞋。嗯……也許加入造型，譬如靴子，容易分辨？」

不好！

薛丁格轉個念頭便否決自己的盤算，他拍拍腦袋，提醒：「先把這一個測試版玩完吧……」

64

對了！先來測試一下！

黑鞋兒立刻發現一張輪椅，動也不動：老婆婆低頭，頭和身體一起塞進椅子裡面！

「時間到了人的身上，最終就會縮成一團？」黑鞋兒覺得震驚。

四下無人！

誰在看護呢？

慢慢趨近，黑鞋兒蹲下，在輪椅四周發現一張黏稠的東西：「這『空』，好像蜘蛛網……」

「空」很大！

很薄！

好像塗上膠水之後，要黏不黏的，卻又乾剝剝。

能不能偷得走呢？

用指頭輕輕一碰，黑鞋兒嚇得立即縮手：「別抓我！」

65

退！退！退！

一個漂亮的踉蹌，黑鞋兒絆了腳，往後跌，跌！跌！跌！黑鞋兒後背抵著矮墩，止跌，一個落體又落膽，四肢鬆軟，他坐在地上，瞪眼，但是隱約瞧見一道黑黑的、飄在半空的深淵。

老婆婆的「空」想要抓人！

別碰！

一聲命令。

空中，是誰的吆喝？

黑鞋兒眼前閃過一個巨大陰影，洞！拖牢洞，媽媽被關在裡面……

「空」和「洞」相搏，黑鞋兒傻眼了。

然而，看起來，那是漂亮的撤退，是黑鞋兒「放過」輪椅上的老婆婆。

66

才不哪，是老婆婆放過黑鞋兒喔……

薛丁格看見那短暫的瞬間，是黑鞋兒掉進記憶的淨「空」！

那「空」啊，是時間之繭。

也就是說，老婆婆開始作繭了。

「年輕人啊，看清楚，」薛丁格也趁機搓揉雙掌，閉眼，用手心的溫熱覆蓋眼窩，「啊……你可別閉著眼睛抓麻雀，老人家的『空』大概沒幾個是澄空。」

薛丁格喃喃自語：「你不如去找小娃兒……」

67

黑鞋兒總是遠離媽媽的「拖牢洞」，不只他，還有爸爸……

「啊！躲得遠遠的啦！」黑鞋兒一甩頭，立刻點燃衝動，他碰見孫悟「空」！

一群娃兒，就是一群猴兒，七十二變的破「空」！

也許，一隊小娃兒比較容易下手？

「當然要去惹一惹！」黑鞋兒一向習慣找碴，為了緩解莫名的寂寞，此刻，壓驚啊，剛剛的「空」、「洞」夾擊真是恐怖，難怪家裡陰森森的……他又打了一個哆嗦。
這會兒，晴朗，無風，黑鞋兒磨拳：「哥來找縫！」

68

哈！哈！

薛丁格哭笑不得：「哥！你還當真去找小娃兒……」

明明自己這麼說，卻怪人家輕信了？

「就當做是娛樂……」

太壞了！所以，小小新鬚又揪一下，薛丁格摸了摸，推估：「照這麼玩下去，我的劣根就會露出來，這會兒，半長，不短了……」

薛丁格於是告誡自己：「旁觀！旁觀！別放入太多情感。」

69

「來喔！排成一列小火車！」紮著馬尾的老師說。

穿著吊帶褲的老師雙手打起拍子，唸唱：

小手搭上小肩膀，
小小火車，
嗆！嗆！嗆！
噹！噹！噹！
小小火車，
嗆！嗆！嗆！
小步爬上小山崗。

隊伍隨著歌聲接續，一個個娃兒被歌聲催眠，像……行屍……一個小娃兒心底偷偷這麼想，不禁食指僵硬，戳……戳住前面的小肩膀。

「哇……」小小肩膀被戳疼，身子一縮，痛哭了，所以小小列車中斷，吊在車尾的小娃兒看不見老師，忽然呼喊。

斷了！斷了！

有個娃兒一發現，立刻示警。

果然，小火車斷成兩截，前段繼續推進，後段裹足不前，再一瞬，後面的娃娃大哭，前面的娃娃大笑，場面頓時混亂。

但是，馬尾老師很厲害，一掃視，便揪出小小黑鞋兒，只有他一臉樂得……邪惡的飄飄然！

70

小小黑鞋兒跟馬尾老師眼對眼，不消說，情勢對自己不利，小小黑鞋兒的眼睛立刻噴淚，兩道噴泉似的，用上全身的力量，因為小火車被他弄斷了，因為他把前面的小肩膀捏疼了……

但是，小小黑鞋兒知道，他得表現「正常」，譬如，嘴巴閉緊！

馬尾老師問道：「為什麼捏人？」

小小黑鞋兒弓著小小手指，發愣：「我……被咬了一口，然後……然後變成吸血鬼！」

然後，小小黑鞋兒就開始說故事了……真的，小小黑鞋兒嘴巴的「拉鍊」一向都沒辦法拉緊……

「為什麼捏人？」馬尾老師再問一遍。

小小黑鞋兒把頭倒向右肩，他問：「有沒有？被咬了？」

見鬼了！

又不是萬聖節……馬尾老師當然不能退讓。

露出牙齒吧？小小黑鞋兒於是咧開嘴巴，強調自己心口合一：「真的真的，我現在變成吸血鬼，肚子好餓。」

小小黑鞋兒抱著小小肚子，掩飾謊言的折磨。

救命！

誰來救命啊？

當然是吊帶褲老師！

71

從來只有吊帶褲老師啊！

呵呵！

小小黑鞋兒看見兩隻腳啪、啪、啪，吊帶褲老師果然來了！

同時，馬尾老師消失了。

吊帶褲老師把小小黑鞋兒帶到一旁，她蹲下來，聲音很虛弱，但是小小黑鞋兒清清楚楚的聽到：「我的肚子也餓囉……你幹嘛跟我搶呢？」

呵呵呵！

「給你！讓給你！」小小黑鞋兒本來全身縮緊，小小肩膀準備抖動，但是，不用了，那是面對馬尾老師的方法。但是，面對吊帶褲老師，可以改用另外一條妙計，於是小小黑鞋兒一個噘嘴，先親了吊帶褲老師的頸子，然後把頭倒向右肩，開心的說：「咬我吧！」

72

哈！哈！哈！原來有這麼甜蜜的回憶啊！

薛丁格看見黑鞋兒失神的眼眸裡閃著淚光。

「記憶有『空』，往往太淺，容易發現但是不好偷哪。」薛丁格根據經驗研判，這一雙黑鞋兒大概又要失手了。

73

小火車斷成兩截，前段繼續推進，後段裹足不前，再一瞬，後面的娃娃大哭，前面的娃娃大笑，場面頓時混亂。

忽然，一個長長的急救「廂」滾了過來，恰好填補中間，那急救「廂」，是黑鞋兒，努力長大一些，此刻也努力拉長身軀，指尖碰著前段，鞋尖抵著後段，這麼一填「空」，哭笑一起停，小娃們變成木頭人。

馬尾老師瞧見，她忽然有了靈感，開口高唱：

小手搭上大野狼，
小小火車，
嗆！嗆！嗆！

噹！噹！噹！
小小火車，
嗆！嗆！嗆！
拉著野狼躲迷藏。

哇！躲迷藏！小娃們霎時被上緊發條一般，等口令一喊完，發條一鬆，個個帶勁，衝啊！哪兒可以藏身？

「躲到我這邊！」吊帶褲老師拍掌，提醒。

「還有我這邊！」馬尾老師打開雙臂，吼得大家都聽見。

大野狼呢？

滾！

滾！他又滾了幾圈……

74

薛丁格被逗樂……

「喂！你跑錯遊戲啦！」

但是薛丁格已經被拉入情境，他跟著開心也跟著緊張，他甚至跳起來，準備一個「人形擋」，喔不，是「貓形擋」，他喊著：「躲到我這邊！」

75

大野狼，滾呀滾，滾過來、滾過去，他趁著翻滾之際想了又想：「如果小時候我的馬尾老師和吊帶褲老師也像這樣一搭一唱……」

小小黑鞋兒就會變成小小花鞋兒嗎？

當然……

不可能！

大野狼起身，從地上翻到半空，從幼兒滾出少年，小小黑鞋兒變成大黑鞋，他鉤鉤爪、鋸鋸牙，他擅長扮演大野狼！

76

「抓到大野狼！」

「抓到囉！」

「我抓手！」一個娃兒吐了舌頭，大叫：「哇！爪子好長！」

另一個娃兒大呼：「大野狼穿鞋！好髒！」

「鞋子好髒！」

「好髒！」

對啊……這是一雙最新的黑鞋兒，因為夠髒所以不會再弄髒。

大野狼手腳開展，往上一縱，落地，低頭、抬臉，他拍擊兩隻鞋面，驕傲宣稱：

「潮！」

哇！啊！

小娃們沒得閃，一個愣、兩個愣，全部眼兒直瞪瞪。

「新變舊，是時間流動，當然就是『潮』囉！」黑鞋兒詢問小臉蛋兒：「你們懂不懂？」

這個搖頭！

那個也搖頭！

「走囉！」馬尾老師的聲音卻像魔咒，又讓小娃們回神。

吊帶褲老師趕緊配合，要讓小火車繼續開動，她便起音唱了：

小步爬上小山崗，
小小火車，
嗆！嗆！嗆！

噹！噹！噹！
小小火車，
嗆！嗆！嗆！
爬上山崗曬太陽。

於是，小娃們抬手抬腳，小火車再度緩緩啟動。

77

啊，馬尾老師和吊帶褲老師，一個嚴厲一個溫柔，這樣挺好的……

小小黑鞋兒也跟著走了嗎？

薛丁格不知道，但是此刻，黑鞋兒揮揮手，面龐嘻和，而且，放掉過去，他選擇留下來，繼續偷「空」。

「不要落後太多！」薛丁格喃喃吶吶：「不過，順便把自己的『缺』補起來，這樣也不錯……」

嗯……《偷空指南》可以加註一筆：偷「空」之前，先補「缺」。

意思是？

於是薛丁格複誦一遍，把概念說得清楚一些：「在偷別人的『空』之前，先把自己的『缺』補起來。」

缺，哪一段時間想要追回？

反過來說：偷「空」竟然可以補「缺」？

「哇，沒想到偷『空』遊戲這麼厲害！」薛丁格太開心了，他得找一根鬍鬚來順順情緒……

右嘴角最底下那一根，就叫它「嘻嘻鬚」！

不如……安插一場「戲中戲」，救救黑鞋兒的情緒？

戲中戲

78

倏忽之間，漩渦晃蕩，四條流線混纏，葉片亂竄，在水面紛飛似的，隨即回復平靜。

漩渦拉平。

僅僅轉瞬。

然後，漩渦澄清，本來飛漂而模糊的四個葉片，再次脈絡分明，形狀底定下來，這邊的葉尖有凹有凸，那邊的葉尖如針如鋸，恰好合占漩渦的中心，顏色同樣分出青、黃、黑、白。

79

四雙鞋子摸不著方向，忽然都被拉到山坡下方。

四雙鞋子再一次面對面。

嗯……你們到底有啥實力啊？

八隻眼睛瞄來瞄去，打量上下左右，青、黃、黑、白，各自打量彼此，各自想著相同的籌算：如何獨贏？

80

「是校外教學？」白鞋兒抬頭翹望，提問，然後自己回答：「大地遊戲？」

嗯……

其他人用鼻子哼氣，沒有回答，應該頗為認同。

的確，山坡上，大石板，一個個圍著興奮，那是親子團，有些父母俱在，也有些是單親，有些只見爺爺或奶奶，但是，氣氛一樣和諧，安靜之中摻雜喧嘩，各有各的關注，似乎在同時進行一樣的過程，有的快一些，有的慢一點，並無競爭。

81

但是你們不同，這個戲中戲，分數加倍，關乎勝負。

薛丁格弓背、拉頸，他得盯緊：「你們拿出本領喔！」

82

青鞋兒照樣端起相機，嘴角自信：「太好拍了！」

黃鞋兒立刻糾正：「你是在說『太好偷了』吧？」

「當然！我們現在可沒『空』亂想！」

「也是啦！」黑鞋兒稍稍提起勁，連連失手，他不得不承認：「我還沒找到偷『空』的竅門……」

「啊哈，我超級幸運！」青鞋兒摸摸相機，露出得意的表情：「因為我有『快門』！」

笑話？

冷！

只有青鞋兒乾等應和的笑聲！

83

只有白鞋兒不等木頭人！

「喂！不必喊令？」黃鞋兒習慣頓一頓。

誰啊？白鞋兒射出冷眉，意思是：你是小孩啊你！

青鞋兒完全不急，他寸步未移，因為他手上握有相機，一撥，鏡頭拉近，他真的無法掩飾得意，他說：「我要把每組都拍下來！」

然後挑一組最容易下手的？

不消說，每一個對手都曉得。

青鞋兒聳肩，既然大家明白，他便開始行動，並說：「各憑本事囉！」本事？

黃鞋兒還在琢磨，這種親子遊戲，會落下什麼？

「先找到制高點。」黃鞋兒移到邊陲，悄悄的，往上爬。

而白鞋兒早已湊上前去，混入其中，耳目一起用上，東問西問，甚至還插手，企圖撈點什麼。

84

這個胡說？那個也故意鬼扯？

喂！一個個慢吞吞的！

喂！你們四個，用點心！給點力！

薛丁格皺眉，他好想大聲吆喝……但是，薛丁格睜眼，瞳孔縮成一條線，他警惕自己：「只要旁觀！旁觀！當個好裁判！」

85

枯萎的枝葉和花朵以及種子幾顆，可以展演什麼？

青鞋兒迅速回頭檢視被相機抓到的停格，然後躲到一邊去，他一張一張放大來瞧著，口中嘖嘖：「怎麼都是臉譜呢？」

人的、熊的、貓的、狗的……妖怪的？

呵！原來沒有多大差別呢！

青鞋兒一笑，畫面跟著飛了！

「空」也許跟著飛了？怎麼會？因為青鞋兒深信：歡樂的時候怎麼有「空」呢？

86

篤信，腦袋裡就沒有「空」用來容納懷疑。

「唉……」薛丁格搖頭，嘆息：「這麼下去，腦袋很擠……」

87

青鞋兒繼續獵取更多片段，總之，依賴相機，他希望從中抽「空」。

忽然，他聽見真心與玩笑的推拒，是一位老師用相機瞄準媽媽以及躲在屁股後面的小女孩。

「別害羞，老師幫妳們拍一張合照？」

「好啊！」媽媽爽快答應。

倒是女孩邊喊邊躲：「不要！我不要！」

喀嚓！一絲魂？

喀嚓！一絲魄？

老師拍完了，小女孩嚇「死」了，她趴倒、抱頭、埋臉、屁股朝天。

「你是鴕鳥啊？」媽媽戲謔。

老師也接著說：「好可愛喔！」

青鞋兒，無聲無息按下快門，壓著不放，他拉出左肩，一隻眼睛用餘光瞄著相機框，大部分的視力範圍關注這三個人的互動以及反應，他揣測：「竟然怕相機？遇過可怕的事情嗎？」

好像見到鬼一樣的驚懼？

大人都不探究？什麼道理？

有「縫」！就在表象與事實之間！

「但是，有『縫』等於有『空』嗎？」青鞋兒也不確定，總之，不想白忙，他催眠自己：「啊！不管真『空』還是假『空』！抓到就算數啦！」

88

唉唷！

就說你幸運！都叫你矇上了！

薛丁格一臉蔑視，「藐藐鬚」自動抽直，「蹬」了出去。

難怪下唇中央皮鬆但是肉緊！

「幸好你只懂偷拍，不會偷錄，影音啊，表情一僵啦，聲音一頓啦，啊……我不能想！我不能想！萬一思想滲進漩渦，可就幫了你的忙……」薛丁格甩甩頭，清除雜念，然後哼了一聲：「真是便宜了你！」

不會扣你的積分！

「嗯！我會公平！」薛丁格點點頭，稱許自己，也給遊戲一個保證：「好！來個立即打賞！」

真的是……走了狗屎運……

89

噗！

黃鞋兒忽然停步，他低頭，腳下同時撲上來一股惡氣，他裹了腦似的，跟著吐出髒字：「屎！屎！屎！」

90

喵……薛丁格也忍不住哀嚎。

看見這一幕「慘」狀，薛丁格滿臉歉疚，他叨叨唸唸：「都怪我，胡思亂講，說有屎就有屎，對不起喔……」

91

真的是……走了「狗屎」運！

黃鞋兒一腳踩到軟泥，他以為那是昨夜露水沒被陽光收去……

「屎！屎！屎！」黃鞋兒氣瘋了也氣「封」了，偏偏找不到算帳的對象。

可惡！

半步難行，心理折磨遠遠大過於臭糞混纏，但是，為了偷「空」，黃鞋兒忍辱決定立刻尋找茂盛的草叢或者乾燥的土坑。

「哪！水給你。」一個平和的聲音飄了過來。

循聲，轉頭，黃鞋兒看見兩顆光頭。

一個眉開，一個眼笑，各自拉著一條大狗，一黑一白，各自嗅著。

「我又不是口渴……」黃鞋兒摸摸嘴邊的唾沫，有一點啦，罵到喉嚨乾乾的！

「是給你沖鞋子。」

喔！

「你不是踩到狗屎嗎？」

嗯！踩到狗屎已經很嘔，還被人看見了！黃鞋兒悶聲，想要否認，嘴巴卻被什麼堵住，堵到胸口……

大光頭提議：「先磨一磨旁邊的泥土吧。」

我正想這樣！於是，黃鞋兒提腳，一步蹦兩步跳，找到一塊乾土，讓左腳磨磨蹭蹭。

「我這半瓶先給你。」小光頭伸手遞出，「斟酌點用，如果不夠，讓師兄那半瓶再給你。」

哼！說是要幫人，幹嘛計較又小氣？

黃鞋兒心裡嘀咕，但也不好異議。

「你會吧？」小光頭提腳，動了動。

就是磨鞋嘛！

「我懂！我懂！小時候我爸教過。」黃鞋兒胸臆一震，遺忘好久的人……此刻竟然記得「父親」說過的……

草當水，泥土拿來抹。

沾一沾，前後揉一揉。

默念口訣，黃鞋兒讓「幸運腳」啟動，來來回回的磨，換個三、四處之後，鞋底果然漸漸輕鬆，有幾撮綠草被揉出汁液，有幾處砂土被摑混了。

「啊！我爸也會這樣！」黃鞋兒腦海裡慢慢浮出那一幕，以及剩下的兩句……

說！到底是誰家的壞狗狗？

說！是不是吃了巫婆的毒蘋果？

「哈！哈！哈！這兩句一定是爸亂編的！」黃鞋兒捧腹，大笑，但是淚水泌出眼角，他故意轉圈，不讓兩顆光頭看到，他索性轉移目標，插腰問道：「說！是不是你家的壞狗狗？說！是不是你家的壞狗狗偷啃了豬骨頭？」

呵，竟然像爸呢！

「快說！」黃鞋兒故意用誇張的姿態和話語。

善哉！大光頭雙掌合十。

善哉！小光頭竟然笑呵呵。

指著兩隻大狗，黃鞋兒嚴肅質問：「難道不是牠們嗎？」

大光頭搖頭，出示手上的清潔袋，晃了晃：「撇了，而且是漂亮的條狀！收進『方便袋』中。」

真的！那只「方便袋」，有「內容」，看起來沉沉重重。

小光頭接著補充：「兩瓶『清香水』，用來除臭。」

清水只剩半瓶，也許真的有用。

好吧！黃鞋兒抱胸。

好吧！黃鞋兒露出願意採納的樣子，說道：「牠們看起來強壯得很，應該不會拉『稀』。」

的確，兩副強健的骨架，清秀的狗！

黃鞋兒忍不住蹲下，摸呀摸，兩隻大狗既不親熱也不兇悍，只是安安靜靜的站著。

「竟然有……有……」黃鞋兒鼻子一嗅，感到驚訝，他抬頭，對著兩個光頭質問：「有廟味！」

不是尿味！

是「廟」味！

善哉！大光頭雙掌合十。

善哉！小光頭仍然笑呵呵。

黃鞋兒忽然有所聯想，脫口說道：「所以牠們是帶『髮』修行？在廟裡，接受薰陶？」

大光頭說道：「問得好！」

小光頭也贊同：「答得好！」

啊……害臊！從來沒有聽過這樣褒美啊……

「好奇怪……好像嘴巴自己說出話來……不是從我的腦袋……」黃鞋兒臉頰忽熱，充滿疑惑，但也張嘴呵呵，因為兩個光頭的讚言，他整個人柔軟了，渾身顯得輕飄飄的。

92

嘿！別又發愣啦！

別忘了：你得偷「空」！

薛丁格瞪大眼睛，忍不住在嘴巴裡咕嚕、咕嚕：「你是要從親子組下手呢？還是這兩個光頭？」

譬如：和尚養狗做什麼？

薛丁格舔舔右掌，然後，指頭彈了彈說道：「這是最後一個提示重點，我一向公平！」

93

黃鞋兒猛然回神，好像被誰敲了頭？

啊，好硬的……是老爸的指骨？

「討厭！不要敲頭！」黃鞋子的悶氣，還得繼續悶著：「我現在要用腦袋思考呢！」

94

這就對了，薛丁格收手收腳，喔不！他一直全身蜷縮喔，不過，思緒啊，就是話鋒，有的銳利、有的頑鈍，總之，動不動就出洞，又深又黑的洞！

對薛丁格而言，收攏思緒，不發一語，相當不容易啊，何況還得同時得注意四雙鞋子……

為了讓你們專心偷空，偶爾漏點線索，偶爾心急。

所以，薛丁格不免抱怨一句：「動點腦筋，可不可以？」

95

可以！可以！我用半瓶水就要把狗屎沖洗乾淨……

黃鞋兒小心翼翼，水，一點一滴都要珍惜。

看來，「方便袋」和「清香水」就是證據，黃鞋兒的「狗屎運」與兩個光頭無關……

嗯！真夠稀！黃鞋兒抬腳，嗅一嗅，臭味隱隱約約，於是開口討了水：「借那半瓶吧，謝謝！」

小光頭把水瓶遞了上來，認真的說：「跟了這麼久，我們知道阿彌跟阿勒的衛生習慣一向很好的。」

阿彌？阿勒？

狗名竟然取「彌勒」，呵呵！

黃鞋兒低頭，小心往鞋底淋水，心底暗暗分析：和尚為什麼養狗？而且如此費心？撿屎，洗屎，也算是修行嗎？

96

哇，意外！黃鞋兒竟然是個厲害的參賽者！薛丁格眼睛睜亮，從心打量這一個，這……這……找出關鍵了：空，是在遛時間的彎兒？

「太棒了！」

「太棒了！」

薛丁格樂得左滾右翻，骨頭喀喀喀，但是，他全身酥爽，乾脆往上一縱……啊……

「遊戲精髓就是這個啦！」薛丁格摸透整張臉，想找一根來玩玩命名。

溜對了！

97

滴、滴、滴，這麼小氣，到底能不能洗淨鞋底？

可是，阿彌和阿勒的尿液就是這麼沖去，滴……滴……滴……

兩個光頭的時間如此溜去……

遛……溜……留……

「啊！」黃鞋兒暫停內心的自言自語，他想出聲，一著急，便咬到舌尖，只好先吞一口唾液，然後慢慢的吐出：「時間，有『空』，就裝在這個瓶子裡！」

溜的是時間！溜的是時間！留的，也是時間，兩瓶水……所以，能偷的，就是這剩下來的水，不到半瓶！

這剩下的水就是「空」！

是哩！是哩！

霎時想通，黃鞋兒立刻停手，暫停！

「剩下的水不能再用！」黃鞋兒立刻旋緊瓶蓋。

然後呢？

暫停！

快想！快想！黃鞋兒的腦袋第一次感覺有什麼在裡面東碰西撞。

偷？搶？

黃鞋兒眼光發亮，像突然開竅一般，他立即開口：「這個，給我行不行？」

是呀！不用偷不用搶，直接講！

黃鞋兒把話說得清楚一些：「剩下的水，留著用，可以嗎？」

想法也跟著準確一些。

「你不是正在『用』了嗎？繼續把鞋底沖乾淨？」小光頭皺眉，懷疑，不是對方，是自己的聽力。

「我的意思是，不必太乾淨，再走一走，就會被塵土刷乾淨的，所以，可以剩下的就暫時不用，因為我想……」黃鞋兒當然不能說是偷「空」，只好撒了一個小謊，小小的，就說：「萬一……我又踩到一坨屎……」

真的，不然你去翻翻草皮？

那邊……更遠一點的那邊……黃鞋兒隨手亂指。

兩個光頭跟著搜尋……

那邊有狗……更遠一點的那邊也有狗兒嗅呀嗅……也就是說，可能隨時便溺，也就是說，值得掛慮。

「的確，」大光頭點頭，同意：「如果主人不理……」

「可能是忍不住哩……嘻！嘻！」小光頭不知道想到哪裡去。

「好吧，那瓶水給你。」

「不如空瓶也一起，你再去裝水？這樣你就有兩瓶水哩！」

空瓶？

喔不！不！不是留下來的，就不是「空」囉！

不過，黃鞋兒不能明說，只能找個還算禮貌的回拒：「我……拿不動！」

98

太有意思了！

半瓶水竟然就是「空」！

薛丁格看得兩眼冒出星星，心花也一起爆放：「哇！具體的『空』！拿得動的『空』！」

而且不偷不搶！

「這是偷空的最高境界了吧？」薛丁格根本沒料到遊戲這麼快就出現高潮，「看來我得把打賞的等次再提高？換上什麼糕？」

太陽糕？月亮糕？

芙蓉糕？桂花糕？

糟糕！

薛丁格摸摸嘴邊，努力一吮：「口水一直掉……」

白鞋兒

99

白鞋兒蹲踞，在兩塊石頭之間，猶豫。

「我該挑哪一邊下手？」

一邊是爸爸帶著孿生公主，另一邊是一對爺奶陪著一個小王子。

「啊，標準時間好像就不太一樣？」

白鞋兒想起自己的家，兩個都不是家的家，正如遊戲翻版，他突然握拳往地上一捶：「竟然連遊戲也這麼考驗！」

「我明明才是當事人！」白鞋兒心中充滿憤慨。

哼！就偷給你看！

100

你行嗎？

薛丁格搔搔髮，說得模糊：「其實也算簡單，照你平常那樣……」

喔，不行！不行！

「應該改變，不然我幹嘛找你來玩？」薛丁格真心企盼，私心呢？

當然要讓遊戲刺激一點囉……

最好啦。

101

孿生公主，所以時間加倍變寬或者變長？

小王子自居孤獨，就為了擁有宇宙中的每一朵光芒？

哼，不要跟我講數學！不要跟談哲學！

就是沒我的份！

「我要大器！」白鞋兒吸一口大氣，再緩緩吐出去，「大器，大容器！把我的家庭時間通通要回來！」

102

然而，如果要了回來，那家庭時間還是一樣的嗎？

「我是說，爸爸永遠會是一樣的爸爸嗎？媽媽永遠會是一樣的媽媽嗎？」

「哈哈！」爸爸被逗笑了，搓亂小白鞋的頭髮說道：「傻孩子！」

問題的重點在於「永遠」還是「一樣」？

「時間會產生化學變化呀！」爸爸的眉毛豎立，好像掃把。

化學變化？

爸爸換個詞兒：「時間喜歡施展魔法。」

魔法？

小白鞋稍稍懂了：像是把王子變成青蛙！

「那是故事啊……」

「你知道嗎？時間的化學變化很可怕喔！」爸爸裝起恐怖的腔調，做出妖怪撲人的姿勢。

小白鞋當然要要配合演一下：「啊！」

父子劇場總是嘻嘻哈哈……

媽媽在哪？

103

時間到底會什麼魔法？

有時候，爸爸搞笑回答：「時間的魔法之一：走味。譬如你媽從少女變成大嬸，就多了一味，『大嬸味』！哈！哈！哈！」

果然是扯淡！

有時候，爸爸認真回答：「時間的魔法之二：形成新物質。譬如王子變成國王，四處打仗，擴大領土，不然的話……起碼……不用騎馬！哈！哈！你可以……變成快樂王子！」

打仗？當然不可能！

嗯，快樂王子？我沒有不快樂的理由啊！

除了，媽媽生病……

104

白鞋兒又往地上捶了一拳：「時間在搞什麼！」

後來……笑聲變成嚎哭，因為媽媽從少女變成大嬸，然後變成骨灰……

新物質！

白鞋兒咒罵：「可惡！那時候什麼都不懂！」

是大人沒教還是自己沒學？或者早就擅長逃避？

可惡！

那時候，還跟著爸爸取笑「大嬸」的外觀……

那時候，後半段的生活型態還沒出現也還沒變形……

甩甩頭，白鞋兒瞪瞪眼，逼嚇眼淚流回心坎裡。

甩開記憶，白鞋兒催促自己：「回到遊戲！」

105

很好！這麼看來，白鞋兒應該知道：讓人沉湎在回憶裡，也是時間的魔法之一。

知道吧？還是假裝不知道？

「哈……」薛丁格打了長長的哈欠，眼角泌出淚滴。

咦？是為小白鞋的遭遇傷心？

薛丁格趕緊抹一把臉，澄清：「喔不不不！我記性不好，再說，我的夢能過濾，所以，我的每一天都是嶄新的。」

薛丁格翻了一個身，四肢伸展：「當然也包括遊戲，誰輸誰贏都沒關係……」

嘻嘻，偷來的「空」全部都是我的……

啊！不能洩漏思緒！

於是，薛丁格又翻了一個身。

「啊，天空很漂亮！」薛丁格的夜晚多於白晝，能在大白天醒著，而且這麼清醒這麼入迷，全得謝謝這個突發奇想：騙小孩來玩！

薛丁格抓癢，忽然閃過一絲靈光：「對了！獎品，不如就運用時間……」

這是要「自欺欺人」？還是「自助助人」？

戲中戲對「偷空」有什麼影響？

「哎呀，先來琢磨一個響亮又有意思的名稱，」薛丁格敲敲腦袋，口中喃喃：「早知道就先去借一本字典……」

106

白鞋兒回到遊戲，因為他決定正視自己的問題，因此，他必須理解大人的處境。

爸爸和孿生公主：一對二，時間分散。

爺奶和孤獨王子：二對一，時間集中，過度集中。

「但是，爺奶只有半天體力，」白鞋兒很快就看清一邊的情況，並且找到破口，決定了下手時機：「眼皮掉下的那一刻，『空』會從睫毛滾落。」

問題是，我該用什麼來裝呢？

不是塑膠袋。

不是水瓶。

白鞋兒瞄到黃鞋兒等著接過水瓶，即將得手。

僅剩的三分之一？多重？

「不能以量取勝，必須靠質地來贏。」白鞋兒立刻轉移目標。

但是他知道：爺奶不是不想帶好孫子，骨子衰老，能夠出門已經相當吃力，難怪三兩下就要閉目養神。

那樣的「空」肯定虛弱，贏不了對手。

白鞋兒心裡同時決定：「找時間回去陪爺奶曬曬太陽。」

嗯！還可以一邊打盹……

107

如果說孤獨王子是一個「悶葫蘆」，孿生公主的「合體」大概就等於一個隨時吃吃喝喝的巨嬰，愛撒嬌，愛生氣，興頭大，隨時改變主意，很快玩膩了，然後丟下滿地的玩具。

「哼，搶走爸爸，好得意！」白鞋兒受不了自己的兩個妹妹，耍心機！

爺奶也難免無奈的說：「那樣的新家怎麼待得下去？」

可是，跟著爺奶便等於讓出爸爸……

好像一場戰役，連槍都沒舉呢，就被抬了出去！

108

打仗？才不要呢！

小白鞋兒是跟爸爸這麼說的，所以，「快樂王子」就變成小白鞋兒的志願，他也開始習慣「笑瞇瞇」。

直到媽媽帶走家裡全部的笑聲。

爸爸還是繼續說著他的開場白：「時間啊，喜歡施展魔法。」

然後，時間的魔法帶來了新媽媽。

白鞋兒不得不、不得不把兩個妹妹當成仇敵。

但是這會兒白鞋兒看清楚了：孿生公主扒光爸爸的時間也扒光我的時間同時扒光

他們自己的時間，結果卻是：時間耗損！四個人，四倍的創傷！

「必須切除！」白鞋兒找到竊取的巧門。

手術！

為什麼救不回媽媽？

「時間的魔法之三……」爸爸結結巴巴，而且只說一半。

媽媽消失了。

哼！別以為我不知道……小白鞋兒在心裡接了話。

109

回到遊戲，時間的魔法之四：重組。

那是小白鞋兒翻著相簿的時候學到的招式，把次序弄亂，重新排列，新的故事，此刻，他決定也來試一試。因為，很明顯的，孿生公主一搭一唱，為了纏裹爸爸的手腳。

「妳說做什麼好呢？」

「妳說！」

一個繼續嘟嘴，一個繼續插腰。

「明明是我要妳先說！」

「妳說就等於我說啊！」

一個皺眉，一個瞪眼。

爸爸苦笑，看過來、看過去，兩個公主，同樣一張臭臉，他知道不能催促，於是溫柔的問：「要不要參考別人的？」

忽然，孿生公主跑開，好像衝下戲臺！

獨角戲留給爸爸發揮。

「回來！」爸爸抬手，並非有意招回，嘴巴微開，卻又立刻整「容」，假裝知道公主們早有安排，事實上，這般「若無其事」，維持「正常」，僅僅擔心旁人發現真正的無奈……

110

終於，孿生公主的創意成形。

石板上終於排出一個大嘴怪，是四隻小手扯下綠葉子來圍成的。

哪裡摘的？

所以爸爸充滿歉疚，細聲責備：「老師不是說只能用乾枯的枝葉嗎？怎麼可以摘新鮮的？」

「這樣怪物才會『活生生』啊！」

「對啊！『活生生』才可怕！」

兩張嘴，兩句話，根本是出自同一個人的歪腦袋啊！

爸爸無法招架。

忽然，天空降下一團枯枝乾葉！

那是白鞋兒故意丟撒的。

趕快撿啊！

果然，白鞋兒看到預期的反應：三個人，六隻手，撿東撿西，撿大撿小，撿來撿去，一隻毛蓬蓬的小東西從爸爸口袋掉出、滾落草地。

白鞋子立刻趁亂衝了過去！

撿到了！白鞋子撿到他要的東西……

「對不起！打擾到你們！」白鞋兒致歉，因為他的確撞到人，而且還毀了石板上的拼貼創意。

「沒關係！我們打算改用別的素材……」爸爸望著孿生公主，詢問：「是不是？應該很有意思？」

「嗯……可以試試看。」一個公主攤手。

「應該不難……」另一個眼珠子骨碌碌，有些……不在乎？

爸爸上前擁住兩個小肩膀：「一起來想！」

111

白鞋子撿到他要的東西……一隻翻跟頭的紅狐狸，毛氈狐狸，屬於某個孤獨王子。

原來，孤獨王子並不寂寞。

那是真「空」，自己陪伴自己。

白鞋兒不禁想起他的玩伴，口中輕輕囈語：「色瞇瞇，你在哪裡？」

112

「喔，色瞇瞇？怎麼瞇？」薛丁格的眼睛瞇成一條縫，想像前面就出現一個勁敵。

無形，無從打量。

薛丁格鼻子哼哼氣，想著：竟然在白鞋兒的心裡占據了重要的位置，真想瞧瞧是什麼本事！

忌妒呀，像我這麼把定還是會被撩起醋意……

手足之間也會吧？

「想想還是我的尾巴最豁達，遠遠的，不跟手足打架……」薛丁格忽然意識到自己說了一個冷笑話，也跟著笑了：「哈！哈！哈！」

慢悠悠舉起尾巴，薛丁格抬眼檢視色澤與形狀。

「哎呀，我的尾巴真漂亮！完美比例！在這個遊戲世界，我才是無可比擬！」

薛丁格也不害臊，用尾巴拱住下巴：「是囉，孤獨的世界，就是允許胡言亂語！」

但是，也少了抬槓的樂趣啊……

113

「色瞇瞇」，短尾貓，是媽媽養的。

而留在小白鞋兒身邊的「色瞇瞇」，是媽媽用毛氈戳成的，替代品！很像真的，所以小白鞋兒很愛戳它出氣，因為，能夠窩在媽媽床邊陪伴的，只有真的「色瞇瞇」！

生氣！

生氣！

小白鞋兒超生氣！

「不要妒忌嘛，」媽媽曾經摟著小白鞋兒，承諾：「等牠再大一些，不用拖著奶瓶，或者等你再大一些，可以幫忙洗奶瓶，就讓你照顧『色瞇瞇』好嗎？媽媽也想輕鬆一些呢！」

奶瓶！

洗奶瓶！

但是，「色瞇瞇」被匆匆送走了，小白鞋兒也被爺奶接到鄉下。

我要回去！

我一定要回去！

小白鞋兒躲在被窩裡吶喊，掐著毛毛的「色瞇瞇」……

114

「原來是假玩意兒！」薛丁格看清勁敵的面目，嫉妒頓時消除，反而有一些些憐憫。

移情。

大抵也是時間的魔法之一。

薛丁格一邊捻鬚、一邊衡量白鞋兒的情緒：「思念大於妒忌，不安多於抱怨……」

哎呀！我倒成了精神分析師！

「就是這一根！」薛丁格暫停動作，指頭搭在左唇邊，上上下下，抓準位置，然後說出命名：「精神分析鬚！」

咦？竟然捲成心型！

再摸了一次。

又一次。

於是，薛丁格輕捏指腹，壓著「精神分析鬚」，從毛根一路順著摸到末梢，他心裡確定：果然有「心」……

115

後來，白鞋兒偷偷跑回城市，回到那一棟大樓，他仰頭想著：然後呢？留在爸爸附近。

藏進公園！

白鞋兒不曉得：差點踩到地頭蛇……

幸運的是，白鞋兒沒有被咬，反而收到善意的忠告。

「你不能弄得髒兮兮，不能引起注意。」第一條規則說。

「真的，聽他的，不然會被警察抓去。」這就糟糕了，會問起你的監護人……

「重點是，你！不能留在這裡，這裡是『我的』公園！」規則，第二條。

「而且，我的貼身『小弟』已經有人啦！」

兩條規則。

兩個「前輩」，一搭一唱，說是建議，但是白鞋兒知道：不能不聽。

於是，白鞋兒換了公園，規模小一點，距離爸爸的家更遠一點，不過，這樣正好，不定時來來回回，忽而消失，忽而出現，就會很像是一個人偶爾來公園遊玩！

遊玩？

是的，隨便玩，白天總是容易消遣，譬如這會兒四雙鞋「偷空」！

一到晚上，意志就會搖動。

「不如……今天傍晚去敲爸爸家的門？」白鞋兒再次猶豫，總是自己提問：「玩完了，就回爸爸的家？」

萬一爸爸沒空……

116

不行！不行！

不急！不急！今天你得玩遊戲！

薛丁格承認惡意，卻立即宣示自己的創舉：「沒錯！我是來騙小孩偷空！但是我有苦衷……」薛丁格慢慢橫了眉毛，板起面孔。

不說！

不懂？

憋著！就讓時間施展魔法囉！

薛丁格突然振作，他握緊拳頭：「再等一下……等我有了全部的『空』，一定會好好做人！」

117

青鞋兒照相，連拍。

黃鞋兒要到水瓶。

白鞋兒撿到毛氈狐狸。

三雙鞋慢慢朝著山坡底下走去，準備集合。

也就是說，「戲中戲」即將結束，要來分出勝負了……

118

不對！少一個！

「黑鞋兒呢？」薛丁格起身，拉長頸子，搜索。

119

「喲！喔！」一聲吆喝。

「大野狼下山囉！」

又一聲吆喝，十分響亮，忽然，山坡上的親子團幾乎同時豎耳傾聽，好像被催眠一般！

原來是黑鞋兒又發揮了好玩本性，他拉起雙臂，張開手掌，開始即興表演：「我是大野狼！哇……我有長長的尖牙！我有大嘴巴！我要吃掉所有的大人！我要把乖小孩通通吞進肚子裡……」

大野狼繞呀繞，大人摟起小孩逃呀逃。

追不到！

吃不到！

整個山坡搖啊搖……

大野狼繞呀繞，大人摟起小孩逃呀逃，黑鞋兒跑成小小黑鞋兒，他想起自己被裹藏在爸爸的胸前，他叫呀叫……然後，幸福一直懸在那裡……

120

追不到！

吃不到！

但是，誰也沒有被吃掉！

山坡變成一個互動劇場！

原來啊……大野狼唬人，他只是想玩好不好！

大人小孩都知道，大野狼自己也當然知道！

於是，笑聲開始傾倒，滾呀滾……

太好了！

大野狼繼續演戲，他從地上翻到半空，再滾落草地，他已經從幼兒翻成少年，小小黑鞋兒變成大黑鞋，他鉤鉤爪、鋸鋸牙，他真的很喜歡扮演大野狼啊！

大野狼繞呀繞，大人摟起小孩逃呀逃。

笑鬧，終了，大野狼退出舞台，親子擁抱然後分開，各自去忙。

121

大野狼變臉，那是黑鞋兒敲敲腳，表示轉換時空，他抹去笑容，收起小小孩的個性，面龐戴上「正經」。

「我來啦！」黑鞋兒回到遊戲，趕到約定的地點。

舉著一支棉花糖！

「掐準時間哪！」黑鞋兒喘著氣，情緒依然亢奮。

青鞋兒第一個瞧見，不是看見黑鞋兒，是黑鞋兒拿在手上的那一團，不禁提問：「你跑去哪裡買棉花糖？」

棉花糖！

哪兒？白鞋兒隨即朝向一邊搜尋。

哪兒？

黃鞋兒也轉頭搜尋另一邊，很快面露失望，�了一句：「嘖！怎麼沒看見小販？」

122

哈哈！果然棉花糖是大家的弱點……

薛丁格竊笑：「幼稚少年！」

不過，甜甜的香……

薛丁格也忍不住舔了舌、吞了口水，承認嘴饞：「不知道滋味如何？但是那顏色怪怪的……」

原來，驚恐的歡笑語絲是這樣……難以形容……

123

笑聲棉花糖不是棉花糖。

黑鞋兒當然知道，但是心窩裡感覺好溫暖。

「不准搶！」黑鞋兒揚眉，滿意但是帶著一點點心虛，他說：「這是我光明正大偷來的時間，不是要偷『空』嗎？我躲在旁邊想了半天，實在沒有辦法只好用老方法，其實，我只會這個方法……」

一長串的解釋，到底在說啥？

大野狼！

你們都看見了吧？

黑鞋兒再次張牙舞爪一番，幫忙回顧剛才的片段。

「棉花糖應該就是歡樂時間吧？」黑鞋兒也自行設問。

喔，青鞋兒聳肩，沒給答案。

黃鞋兒細聲喃喃：「原來，你並不確定！」

「是不確定……」黑鞋兒搖頭，忽然又尷尬點頭，挺起胸膛：「總之，我自以為是啦！你瞧，大笑的時候，不是會把一切事情都停下嗎？然後，我突然看見：笑聲滾落！哇，好多，我撿！怎麼撿？然後……我嘴裡正好嚼著口香糖，所以我就折了一根小樹枝，裹上，揉一揉，然後沾沾、黏黏，轉轉轉，就這麼一大團！」

「總之」之後，還有好多「然後」……

黑鞋兒說個沒完，不過，方才的歡樂確實重現幾分，況且，三雙鞋也都看見了。笑聲燦爛。

所以色彩繽紛！

那麼，笑聲棉花糖到底是不是棉花糖？

一直沒出聲的白鞋兒閃動晶亮的目光，他瞪著眼，終於忍不住提問：「能吃嗎？給我捏一塊試試看？」

白鞋兒隨即捏出指頭，準備出手。

「不行！」黑鞋兒舉高手臂，喝斥。

「我也想吃！」

「嘗嘗！」

喂！怎麼這樣！這是我偷來的「空」！

黑鞋兒高高舉起笑聲棉花糖，他左閃右躲，邊逃邊喊：「不行！不行！戲中戲結束了！誰來裁判！裁判！」

124 歸零糕

沒錯，戲中戲結束，但是薛丁格還不想現身。

讓你們試試身手啦！

所以，薛丁格打算人人有「獎」，不過「獎」分大小罷了。

「歸零婆婆！」薛丁格拍拍掌。

一個拉著腳踏車的老婦人隨即出現，渾身陳舊，包括打扮與服飾、腳踏車與後面車架上一個玻璃櫥，磨損的木框，模糊的玻璃，裡面，卻是一顆顆飽滿的雪球。

「妳去張羅！」薛丁格交代：「別多嘴！」

老婦問道：「已經到手的『空』要收回來嗎？」

不必。

薛丁格搖搖頭，微笑：「我要的是有用的『空』，優質的『空』，那些啊，讓他們暫時保管。」

125

歸零婆婆毫不起眼，她拉著一台腳踏車，賣著老糕點。

什麼糕點？

叫賣聲呢？誰聽見？

「終於逮到妳了！」一個頭戴絨帽的老人跳了出來，擋在車前。

除非活得不耐煩的人，硬要搶先……

「喔……」歸零婆婆不以為怪，輕輕一笑：「你想提早？」

老絨帽瞬間丟掉本來惡狠狠的姿態，換成哀求：「賣我一個吧？」

意思是：我夠可憐！

真的可憐嗎？歸零婆婆用眼神質疑。

「真的可憐！」老絨帽捏捏肩膀、敲敲膝蓋：「我全身痠痛啊！」

老絨帽趨前，往櫥子張望，瞄瞄糕點。

一顆顆小雪球，渾圓。

歸零婆婆沒有任何動作。

老絨帽又繞到另一側，想像那渾圓的滋味如何，如果咬它一口？

「吃下去，是什麼感覺？」老絨帽瞄瞄糕點，吞了口水。

「沒有感覺。」

「那又是什麼感覺？」

歸零婆婆聳肩。

「給我吃吧？」

歸零婆婆揮揮手掌，表示拒絕，依然端起一副笑臉：「你這年紀，少吃甜。」

哼，禁菸禁酒禁東禁西！人生無趣……

「新鮮眼，看新鮮。」

啊……粗細適中的聲音，嚴厲和溫柔也各占一半。

歸零婆婆的話語一向管用，看來，此番也不例外。

果然，老絨帽稍稍鬆了堅執，顫顫的問：「妳的意思是……還沒……輪到我嗎？」

「當然！時候到了，我一定去找你，就怕你會拿掃帚趕人！」

「掃帚……」老絨帽咧嘴一呵，默認了，自己的德行可能一向如此呵……

「看新鮮，新鮮眼。」歸零婆婆也是呵呵，因為她即將完成一次心理治療了。

老絨帽摸摸鼻子，碰了軟釘，手心反而緩緩升起一絲暖熱，他哈哈掌：「不好意思，總是有那麼一兩天，想狠狠的……」

吃糕？

吃藥？

「終」老？

「別衝動，人間靜好。」歸零婆婆輕拍老絨帽的肩頭，讓他轉向光亮，並且建議：「你去走走，要不，找個地方坐下，曬曬太陽！」

這一天，不冷不燙。

這時候，不吵不鬧。

嗯……老絨帽轉念，轉身。

嗯……不好意思哪。歸零婆婆心裡期望：去轉個幾年再來找我吧……這會兒，我有要事待辦哪！

126

歸零婆婆真的一點也不起眼，她拉著一台腳踏車，穿梭市街，賣著老糕點。

什麼糕點？

叫賣聲有沒有傳到天邊？誰聽見？

「我來找你們啦！」歸零婆婆忽然拉起嗓門，吆喝四雙鞋子。

青。

黃。

黑。

白。

四雙鞋，八隻腳，立刻跳了起來。

「在相機裡！」

「水瓶裡！」

「棉花糖！」

「毛狐狸！」

四張嘴巴，幾乎同時報告戰績。

啊，原來大家都偷得頗為順利……

更沒想到：「空」有不同形態……

有一瞬間，四雙鞋子互相仇敵；也有一瞬間，四雙鞋子互相讚許，如果組成一個隊伍，一起偷「空」，應該更加省力……

「別傻了！」歸零婆婆咧嘴，笑也不笑，眼神犀利，看穿四雙鞋子的「聯想」，同時射出教唆競爭的鼓動。

第二階段！

更加艱難！

四雙鞋子盯著無聲的駁斥與警告，頓時潑出膽子，再次摩拳，彼此提防，卻也對自己產生信心。

歸零婆婆挑燃競爭，言語反而變軟，態度轉為慈祥：「哪！這是給你們的打賞。」

腳踏車後座上小小的木框玻璃櫥。

陳列一顆顆小雪球，渾圓。

127

特製的歸零糕，一日限定。

花時間。

不給老人，就給迷路的少年。

薛丁格滿面鬍鬚飄盪，然而，沒有風吹過，那是因為薛丁格打從心底裡笑呵呵，那笑，是已經聯想到四雙鞋子互踢了……

128

「來！自己挑，自己選。」歸零婆婆打開櫥子。

嗯……一陣迷香。

更迷人的，還沒露餡！

歸零婆婆很滿意自己的糕點，她介紹：「為你們這些遊戲少年特製的，本日限定的『歸零糕』！嗯……吃了再講！」

其實啊，歸零婆婆不好說明：是為了「偷空遊戲」……

四雙手半懸半提，顯然在猶豫。

「放心！吃不死——」歸零婆婆掩口，趕忙挑選別的字眼，還捲了舌、嘟起嘴唇：「吃不出……『糟糕』的口感，滋味美妙，好像飄浮一般。」

糟糕？飄浮？

有不是有點誇張？

四雙鞋，當然裹足不前。

歸零婆婆索性先揪起一顆，往嘴裡送，然後大嚼：「冰涼，外皮彈牙，內餡鬆軟，鼻腔湧上一股……像是……像是蓮花清香！」

一邊猛點頭，一邊大力咀嚼，一面享受，一面滿意，歸零婆婆的忘我姿態勸動了食慾，四雙手於是緩緩游移，一樣的雪球，渾圓，除了一顆已經被吃進嘴裡……

129

青。

黃。

黑。

白。

各自拿起一顆小雪球，拿在手上，猶豫。

萬一？要不要咬下去？

「快！咬一口！露餡才有趣！」歸零婆婆似乎有些焦急。

130

「咬下去！」薛丁格撐起上半身。

「咬下去！」薛丁格又抬起下半身。

薛丁格也想瞧瞧露餡兒的樂趣，他探向渦流，高呼：「一起咬下去！」

131

四個嘴巴，要張不張的……
「來！聽我口令！」歸零婆婆舉高右手，她打算直接指示。
四雙鞋子忽然動作劃一，緩緩移步，互相監視，以防彼此搶先或者猶豫。
歸零婆婆忽然補充一句：「咬開！暫停！」
瞭解！
四個點頭，又讓情勢繃緊。
歸零婆婆的右手微微向上拉直，八隻眼睛也盯著「手」號……

132

咬！四張嘴巴一個動作。
「停！」歸零婆婆的右手驟然放下，隨即攤開雙臂制止四張嘴巴：「一起露餡！」
四張嘴巴半開，含住一半「歸零糕」，亮出手上的另一半。
梅。
蘭。

竹。

菊。

歸零婆婆拍掌，興奮說道：「絕配哪！」

哪裡絕配了？明明是競爭對手！

四個人的嘴巴還鼓著，氣悶著，連同疑問也一起被擋下了。

「接下來，細細咀嚼吧！」歸零婆婆完成任務，方才輕鬆自誇：「這些都是我親手揉製的喔，外皮柔韌，內餡香甜，還有特別配方！」

特別配方！

四張嘴巴霎時發僵，意思是……

加了什麼？

毒？

133

「下毒？」歸零婆婆：「唉唷！怎麼可能！」

四雙鞋子頓時亂了方寸，一個轉這邊，一個轉那邊，一個掐住脖子，一個捧著肚子，卻又同時留意彼此，就怕誰吐了、誰暈了……

「沒事！沒事！」歸零婆婆為了安撫，乾脆吞了自己手上剩下的「歸零糕」，一著急便把喉嚨哽住。

四雙鞋子嚇得面色好像灰土，眼神慌張。

怎麼辦？問的是：眼前會不會真的死人？

怎麼辦？問的也是：眼下要不要吃掉另一半？

「喔唷！」歸零婆婆眼珠凸瞪，用力捶胸，下一秒卻是捧腹，大笑：「哈！哈！哈！」

134

沒事！笑的是：歸零婆婆幹嘛裝死？

沒事！笑的也是：不分青黃黑白，一個個都是容易被誆騙的小孩子！

「可別嚇破膽子……」薛丁格不禁滾翻，來回兩三次，然後趕緊爬起，亮出爪子，把毛梳一梳，接著，瞧瞧鬧劇怎麼收拾？

花時間

135

鬧劇？才不是呢！歸零婆婆心底抗議。

花時間，從來都是正經的。

歸零婆婆擦了眼角的淚珠，吞吞口水，她開始解釋：「這些『歸零糕』花時間來對付時間！」

喔……有點拗口……

甩掉複雜，歸零婆婆立刻挑明：「就是加重計分啦！」

關於遊戲？

青鞋兒一哼：「又不是考試！」

必須分出勝負！所以瞪來了三雙眼珠！

所以弄個陷阱？

是也不是……歸零婆婆轉動眼珠……

「來！來！來！」歸零婆婆揮手，制止所有胡思，並且趨前催促：「全部露餡之後再來說清楚。」。

梅。

蘭。

竹。

菊。

四雙眼睛這才看出差異，果然：不同的花形和顏色。

「很像真花吧！」歸零婆婆滿臉驕傲，掩口呵呵地笑：「其實啊，用的是人工色素喔！」

四張嘴巴不知道該說什麼，一陣驚慌之後，此刻稍稍嘗到「歸零糕」的滋味，才要禮貌讚美，又被真話堵了嘴。

那不重要對不對？

「所以，重點來了！」歸零婆婆放慢速度，一字一字的吐：「意義！聽仔細囉：霉時間、攔時間、築時間、掬時間。」

是了，梅、蘭、竹、菊，這便是「花時間」。

136

喔！薛丁格雙掌互擊，十分得意，他捻捻鬍，是「得意鬍」，右嘴角第一根，他也沒忘記誇一誇歸零婆婆的手藝：「外皮柔韌，內餡香甜，還加了特別配方哩！」

歸零糕。

花時間。

製作起來很花時間，因為內餡是花形：梅、蘭、竹、菊。

還有特別配方，是時間的魔法，也是對付時間的特技：霉、攔、築、掬。

137

「也就是說，遊戲規則！再加一條！」歸零婆婆比出左手食指，點、點、點、點：「青、黃、黑、白，加上梅、蘭、竹、菊，一加一，是不是很順？」

四張嘴巴有了動靜，默念，自然是為了牢記。

梅、蘭、竹、菊。

霉、攔、築、掬。

嗯，諧音，一加一，名詞與動詞。

「很好！趕快嚼一嚼，」歸零婆婆微笑，稱許同時催促：「吃完！去玩！」

是了，偷空遊戲！

138

一加一，一加一，四雙鞋子步調不一，但是這會兒，四個人同時把另外一半「歸零糕」吞下肚，同時用舌頭稍稍清理口腔，形容滋味，念頭一溜轉，立刻同時連上「花時間」。

青鞋兒想著：霉時間。

黃鞋兒想著：攔時間。

黑鞋兒想著：築時間。

白鞋兒想著：掬時間。

花時間，因為遊戲規則改變，除了「偷空」，還可以同時累進，運用「霉」、「攔」、「築」、「掬」四種特技，增加分數，總之，就是必須花點時間。

「遊戲嘛，當然要越玩越好玩！」歸零婆婆拉動腳踏車，準備走人。

「等等！」四張嘴巴同時發聲。

「霉雨還是霉乾？」

「怎麼攔？」
「建築材料是什麼東西？」
「揦到哪裡去？」
大問題！
小問題！
沒問題！
做作眉眼，然後，歸零婆婆故意忽略，轉身，她揮揮手，大抵意思應該是：通通不是我的問題！
又或者是：我才不管你……

139

咦？
歸零婆婆走得快，像飛一般，瞬間消失蹤影，留下啞口四張。
其實，歸零婆婆講了話，只是被風颳走聲音。
如果趕上前去，也許就能聽見，聽見她嘴上叨唸：「總之，花時間，隨便你要霉、要攔、要築、要揦，終究都要回到我這邊，『歸零糕』啊『歸零糕』，吃了就要

知道：歸零。」

剩下的，她放在心裡，卻還是溜出一句：「不然我歸零婆婆等於白忙！」

140

「白忙？那可不成！」薛丁格緊張起來。

撥撥風，薛丁格繼續盯住遊戲後半段。

四片葉子繼續漂盪。

青、黃、黑、白。

速度有慢有快，方向大致一樣，搖擺幅度不同。

「不如葉子改成花朵？或者葉子載花，才能一目瞭然？」薛丁格發現遊戲的漏洞，忽然，他敲頭，拍掌：「對了！『即興』也是時間的魔法！我也沒得閃……」

啊，瑕疵。

是呀，第一次拿少年測試……

下次……

薛丁格甩開鬱悒，繼續趴伏，他挪動四肢，調整出舒適的位置，忽然，他又想到什麼，所以咬緊牙齒：「一定得修改細則……」

得在哪個環節加個螺絲？

「呃……還有我的腦子……」薛丁格刷刷臉，然後把臉矇住，一片暗黑來襲，而那無邊的暗黑深處有一個啞啞的嗓音，幾近無聲呻吟：「什麼人花什麼時間，你別想幹什麼……」

141

四雙鞋子本該各自上路，卻又再度同時躊躇。

白鞋兒首先懺悔：「我幹嘛那麼貪吃？」

「其實還挺好吃……」青鞋兒憶起「歸零糕」的滋味，充滿好奇：「竟然被那個婆婆一催就一口吞下肚子！」

「『花』時間？」黃鞋兒似乎還停留在「表面」？錶面？

黑鞋兒忽然想到，左手腕拉到眼前才發現：「啊，我忘記戴手錶？」

「跟手錶有關係？」青鞋兒問道。

黃鞋兒搖舌：「唉唷，是跟『花』時間有關係好不好！」

「不好！不好！花時間裡有『花』和『時間』，所以要分開思考。」白鞋兒一向注意字義。

青鞋兒不耐煩了：「誰知道那個歸零婆婆花什麼時間？」

「重組！翻轉！」白鞋兒做出手勢，好像扭動魔術方塊。

好！

四個腦袋又同時乒乒乓乓，因為字與字撞擊。

「霉」、「攔」、「築」、「掬」。

花時間？歸零？

跟「偷空」能扯上什麼關係？

142

梅、蘭、竹、菊。

青鞋兒繼續留戀：「不知道還有什麼餡兒？」

哪一種比較甜？

「太甜！」黑鞋兒點出關鍵，卻是開口前一秒才衝出來的領悟：「而且我們也太好騙！」

黑鞋兒追加一句：「我們是不是太聽話了！」

「難道不是為了遊戲？」白鞋兒又補了一句，像是答案也像是問題。

遊戲有規則，那是一定的！

想贏，照著規矩，那是當然的。

兩個點頭，外加一個皺著眉頭，提出懷疑：「感覺……被設計了？」

一臉聰明的白鞋兒再給了既肯定又否定的推理：「不然，我們也來耍耍心機？」

一起？

八隻眼睛猛然同時亮起……

143

薛丁格的眼前卻是黑漆漆的。

「呃……那是警告……」薛丁格刷刷臉，刷掉疲倦，瞪出眼珠：「我可沒想要幹什麼……」

薛丁格手指撐起，忽然一躍，在空中張開四肢，然後不知道對著什麼宣告：「就是遊戲可不可以！」

遊戲！

都跟他們說了：是遊戲！

而「歸零糕」是小小的獎勵！

薛丁格又抹了一把臉，眼睎睎：「喵！誰叫他們踩進我的地盤，當然要跟他玩一玩，更何況，我還得傷透腦筋，一邊監視一邊耍花樣！」

霉時間

144

青鞋兒決定一「機」到底。

問題是：連拍幾張最有效益？

問題是：我根本不知道連拍之間的「空」如何累積！

但是，青鞋兒只能硬著頭皮。

「啊，好險！」青鞋兒查看相簿，忽然瞄到觀景窗上方的電力百分比：「竟然把這個忘記！」

小電池，一半黑，一半白。

青鞋兒活動手掌，特別是右手食指，鬆開、按壓再鬆開，感覺力道是否太輕或者過猛。

「剩餘的，必須省著用！」青鞋兒告訴自己。

145

空，想必就在動靜之間，這麼簡單的推理，青鞋兒還是會的！

啊！發現動靜：一支掃帚撥來撥去，一支噴嘴吹來吹去！

喀嚓！靜音。

青鞋兒立即悄悄端起相機，指腹一觸，隨即轉身察看，決定標的。

「一邊是掃帚，另一邊是噴嘴。」青鞋兒慎重考慮。

一起！

省電嘛，一「拍」兩得最好！

於是，青鞋兒抓緊時間，腳步挪移，再靠近一點，他想；畫面越清晰，找「空」越容易。於是，青鞋兒抓緊相機，手指一壓，把掃帚和噴嘴的連續動作同時存入相機。

一邊才掃了幾片落葉，另一邊已經吹翻一畚箕。

不對！

會不會是兩個人之間的什麼東西？

青鞋兒腦裡響起一個聲音：再拍一次。

於是，再挪動腳步，挪到剛好把兩個標的壓在觀景窗邊框而且不會「跑」出去。

然後，喀嚓！喀嚓！連拍，靜音！

146

「喂！拍什麼！」一聲喝斥砸了過來。

誰？青鞋兒轉頭，當然是故做姿態。

「就是你，還轉頭？」另一聲喝斥幫忙質疑。

「你不拍花拍草，奇怪喔！」

「真奇怪，好歹你也拍狗拍貓嘛！」

兩個聲音好像唱雙簧似的，開起玩笑哩！

青鞋兒因此愣了，該說什麼呢？

「好啦，隨便你，我們繼續掃地，勤務中？看到沒？」一個聲音轉為無奈，但是舉起工具。

另一個聲音稍稍沙啞，也扛起傢伙：「很重的，偶爾要喘一口氣。」

「總之，別去告密！」

「別去告密！」

告密？告什麼密？跟誰？

喔喔……

青鞋兒揪住話中玄機，立刻壯大自己，並且端起相機：「什麼事情？講清楚了，我就不去。」

呵呵！當然是虛情假意，看狀況囉……

好，來啊！

於是兩個人漸漸走近，走出相機，走進青鞋兒的眼睛。

一邊是跛著腳，另一邊是歪著身軀，忽然間，噴嘴變成手，而掃帚變成腳，喔喔！不對！距離，改變位置，竟然拱讓主導權！青鞋兒一察覺便想逃，但是，來不及了，大人！大人！大人！他心裡嘟噥：我可不想被訓！

但是……

一張嘴巴貼近青鞋兒的左耳，說：「跟樹木講理。」

另一張嘴巴輕輕的噓、慢慢的湊向青鞋兒的右耳，給了建議：「別嚷嚷，這是祕密！」

兩隻食指都壓在唇上，等著青鞋兒回應，青鞋兒先是眼睛睜大，然後噗哧，又噗哧，本想壓制，卻又被兩張越來越嚴肅的表情逼出眼淚，青鞋兒趕緊摀住想要爆笑的大嘴巴，眼珠子直瞪瞪的，簡直就是在說：「鬼話！」

所以是祕密嘛！

一種嚴肅舉高掃帚，另一種嚴肅扛上噴嘴，同時表示：真的！別說出去！

「幹嘛跟樹木講理？」青鞋兒強忍笑涕，繼續拋出第二個問題：「為什麼要跟樹木講理？」

是嘛，春夏秋冬，又不是樹木決定！

「不想太忙。」

「抱樹。」

青鞋兒慢慢吐出評語：「那叫偷懶。」

這當然跟「偷空」不一樣！

「就四處掃呀掃……」

「落葉好像少一半……」

青鞋兒哪裡相信，皺眉，提出一個盲點：「你們有沒有準時上下班？」

邏輯是？四隻眼睛在問。

「那叫『混』，連我都知道，而且，我很在行！」哼、哼、哼……啊！青鞋兒得意嗤笑三聲，但是，尷尬了，他竟然抖出自己的過往！

147

好比以前，我上學、放學，揹著書包晃呀蕩的，一天又一天，哪裡有空！

青鞋兒慢慢想起心底的「祕密」，自己好像也有自己的「道理」，就是沒人來聽。

早知道就去找樹講理，不向大人討無趣……

爸爸只問：「你考幾分？」

「一百。」但是他不敢講明：那是總分。

媽媽倒是點頭了，而且說：「比零分強。」

零分？意思是還可以更低？青鞋兒鬆了一口氣，也在心裡下了一個決定，也許下一次……挑戰最低！

「去！『貝多芬』！」爸爸往頭蓋敲了一記。

背了，就會多幾分！

傳統技藝！

不抗議，不喊疼，但是青鞋兒把忿怒咬在牙間。

媽媽則是一貫的摸摸青鞋兒的臉頰，安慰著：「你會長大的，你會變厲害的，不急，不急。」

148

我急！

我急！

薛丁格把尾巴繞到眉際：「要你偷『空』，你反而跌進時光裡！」快快！找到邏輯！回到你的遊戲！抓穩你的相機！

「回憶最偏心了，甩一邊去！」薛丁格竟然動氣，每一根鬚都打橫出去，他只好來個「大混沌」，抱住身體，縮頭縮尾，翻滾，讓自己「歸零」。

149

這麼一滾，「歸零糕」立刻產生效力，青鞋兒被強迫歸零，回到遊戲。

薛丁格癱了，噓噓的喘：「你們照規矩嘛，不然……」

不然，倒楣的就是薛丁格！

因為，「歸零」還有另一種反效力！

薛丁格心知肚明：這是遊戲的風險，讓我毛髮掉光了，也行！

150

遊戲的風險就是獨立，成長也是。

現在，青鞋兒總算知道他必須倚靠自己，問題是：疏於練習。爸爸的嚴厲，媽媽的溺愛，自己的逃避，我們家向來是「混」在一起，一起「混」，沒有花時間去練習……

對，練習「花時間」！只能花自己的時間！

換句話說，先得練習偷空！

「來不及！來不及了！」青鞋兒全身爆發一股憤怒，匯聚手掌，他很想甩個什麼東西，然而此刻手掌是抓著相機……

151

薛丁格「貓」皮疙瘩掉了滿地，一顆魯鈍的大腦竟然開竅似的，把遊戲用到自己家裡，去解決家庭問題！

「可喜！」薛丁格吸吸而已。

因為，薛丁格更樂意見到的是遊戲順利進行。

所以，薛丁格忍著氣，用最低的音頻嚷出：「還不趕快偷空去！」

152

「忍喔……一邊掃一邊忍，」拿掃帚的說：「大家以為掃地輕鬆，其實啊，三人份的工作給我一個人做，解釋也沒用，不如，就當做是練身體囉！」

「我也是啊，幸好所有怨氣都移轉到噴嘴上了，呵呵……」扛噴嘴的，兩唇嘟成一個箭頭，指著手上的「好傢伙」。

一支掃帚和一個噴嘴，各說各的委屈。

聽別人的委屈也會想起自己的遭遇？

掃別人垃圾也在掃自己的情緒？

青鞋兒心上警戒，不能掉落陷阱，讓這兩人講個沒完沒了。

153

喔喔！厲害，知道時間的魔法就在那裡！

薛丁格送出一個白眼，看來有些讚美：「你得找到魔法的破綻，對啦，也就是時間的『縫隙』，『空』，就在那裡。」

「其實喔，是聽樹講理。」

「沒錯，是懶人道理，呵呵！」

什麼？跟樹講理已經夠矇了，聽樹講理更扯！青鞋兒被這兩個歪理猛然揪出現實，又撞到「偷空」的算計。

拿掃帚的繼續說：「大懶人要談天。」

扛噴嘴的跟著點頭，跟著附和：「小懶人要說地。」

喔喔！跟「懶人」談天說地了！

一個驚嘆號不夠！

青鞋兒最喜歡在寫作文的時候驚嘆連連，表示聳動，可是這會兒面對真人，不是紙上空格！

「總之，你們偷懶囉？」青鞋兒立刻盯住扯淡的空洞。

「大懶人是樹，小懶人也是樹喔。」

「哈哈，是大『欖仁』和小『欖仁』。」

呃！青鞋兒臉綠了又脹紅，他想在地上挖一個洞……

「這邊三棵，」拿掃帚的繼續說：「另外一側大概有四、五棵。」

「小欖仁幾乎到處都有……」拿噴嘴的皺著眉頭，空著的那一隻手不知道該指向哪兒。

「所以呢？懶人有什麼道理？」青鞋兒繼續挖「空」心思。

喂！

喂……話不能說一半……

155

掃帚和噴嘴竟然無視青鞋兒的問題！

因為他們得立刻處理一個狀況：有個婦人在地上撿東撿西，然後打著「垃圾」的主意。

「全部給我行不行？」婦人指著一袋落葉問道：「反正都要丟了！」

掃帚和噴嘴對望，想不出對策，青鞋兒立即插嘴：「要做什麼？」

垃圾還有用嗎？

青鞋兒趕緊搜尋腦袋，那些背誦過的有的沒的有沒有相關的？

「到底要做什麼？」青鞋兒追問，拖延時間！

你管我？婦人撇了一眼，丟下冷漠，所以，青鞋兒有點毛了，他的解讀是：欺負小孩，很跩嗎？

「沒遇過……」

「真的沒碰過……」

「丟垃圾……」

「垃圾丟了……」

喂！這是什麼對話啊！

喂……

一旁的青鞋兒快要昏倒了，忍不住又插嘴：「不行！這是……」

什麼？六隻眼睛同時瞪著青鞋兒。

「這是我的！」這麼一說，青鞋兒隨即忘我，他立刻把話補足了：必須找到邏輯解釋。

「我先要了，我要拿去破解時間的魔術！」

糟糕！是洩底還是……

哈！哈！哈！

漫天的笑聲掉落，比落葉還壯觀呢！

156

呼呼！

「豁出去了！」青鞋兒搶了那一袋落袋，轉身就跑，直到把笑聲甩掉。

倒霉！

倒霉！

青鞋兒跑呀跑，一路羞愧一路懊惱，抱著相機同時抓住垃圾，兩隻手各忙各的，因為風，還是因為瘋？

霉……風說話？

霉……我在說話？

青鞋兒清楚的察覺到渾身帶勁，像「觸電」一般？總之，他整個人飛了起來，本來沉重的情緒霎時轉為一路放潑、一路興奮。

霉時間！

偷空，成功！

157

搶得好！

薛丁格鼓掌，立刻哼了：「這傢伙，衝動型，一定不知道樹葉發霉要多少時間！」不過，也納入計分。

「看來『急性』也有佳作哪！」薛丁格一半誇別人，其實要用另外一袋給自己讚賞，所以他清清喉嚨，眉毛昂揚：「當然也多虧我這『即興』遊戲，激發了你的潛能！」

急性，即興，同音異字，意義當然不一樣。

薛丁格不免再露一分驕傲，緩緩的念：「沒時間，梅時間，霉時間，就看你要花多少時間才能悟出這一層哪……」

攔時間

158

黃鞋兒鎖定一對夫婦。

還要繞一圈嗎？黃鞋兒只好繼續跟著。

怪了，散步，步伐有大有小，節奏有快有慢，怎麼這一對夫妻之間不是呢？一直牽著手，像拉又像拖，可是又不糾纏又不攪擾。

「慢一點！」

「縫在哪裡？」

「快走還能一直牽手？」

黃鞋兒嘴邊不停嘀咕，喘吁吁的，像條狗，啊！不是罵狗，被人牽著走的感覺很糟糕，他推估：「走了一萬步，也會把厭煩唸了一萬次。」

媽……的……

媽媽的魔咒！

159

媽媽的話沒有一句記得，除了魔咒！因為一直跟著，即便迷路之後，即便遊戲的此刻，媽媽的魔咒依然在黃鞋兒耳中嗡嗡響著！

「快一點！」

「腦袋在哪裡？」

「事情怎麼一直沒做？」

啊——

黃鞋兒火大了，他抓頭揪髮，他的思緒越撥越亂，他不是不做呀，只是動作慢了一點，不要催我……

160

「可是，遊戲有時間限制，」薛丁格說：「這也是時間的魔法喔！」

比快？比多？

薛丁格捻了捻，想找一支從未捻過的鬚來配合這個節骨眼兒：「哈！找到了！就叫『勒勒鬚』啦！」

勒別人也是勒自己，一急就會竄出來，在下巴懸崖正中央。

「就像我現在，一次勒四個，勒勒勒勒，急急急急，唉……」薛丁格摸摸胸口：「幸好我的心臟夠強！」

161

媽媽的心夠強也夠硬，黃鞋兒一向知道。

媽的！

我的呢？

有一次，媽媽罕見的開了玩笑，她先嘆了一聲，然後說：「養隻小蝸牛，蝸牛媽媽怎麼受得了？」

擬人？

寓言？

哈哈！故事啊，多少讀一些，這些言外之意我都懂啊……

於是，黃鞋兒順勢接話，進入情境，跟著情節，橫向推理：「蝸牛媽媽一定忘記自己也是蝸牛吧？」

是不是？我也會裝傻？

媽媽一時愣了，只能跟著哈哈。

哈哈，黃鞋兒忽然感覺自己變得強大，而且，十分稀奇的，黃鞋兒的回答竟然是好聲好氣，好像撒嬌喔……

撒嬌！

可以取代嘶吼嗎？

162

吼！

吼！

但是情感親暱？

忽然，一隻吉娃娃不知打哪兒衝了過來，邊叫邊跳，那一對夫婦互牽的手竟然鬆開了！

空啊！

縫啊！

吉娃娃！

黃鞋兒大步衝上去，他抱緊吉娃娃，他親了又親，忽然，矛盾拉鋸，他知道自己應該迅速離去，不過，他站定，緩緩吸了一口氣，他轉身，臉上還掛著眼淚鼻涕，他囁嚅：「我家也有一隻！」

喔……

可是走失了……

複雜的情緒表現出幼稚的反應，交代不清的始末緣由竟然拋出失禮又奇怪的提議。

「借你！」一句同情給了爽快的應允。

「我們想抱呢？」

「真的假的？」

兩句抗議完全嗅不出敵愾，顯然也是欣然同意。

的確，牽手夫婦的質問相當和氣，而那一個溫柔大姊姊模樣的女生，嘴角綻放兩朵粉紅。

啊，黃鞋兒心窩騷動，暗暗想著：別人家是這樣講話的……

「送！」黃鞋兒不禁脫口。

送吉娃娃？

牽手夫婦瞪大眼睛，似乎發火了：「太超過囉！」

「哈哈哈！」大姊姊竟然幫忙解圍：「是說『爽快』啦！那是快樂的變奏啦！」

送！爽！

哇哇！快樂的變奏！黃鞋兒的嘴巴頓時大開，「送」出好幾個無聲的驚嘆，還一路撬開了心門，但是，激動無以抵擋，終於不禁又吐了一字：「送！」

送！爽！

這下子，牽手夫婦懂了！

「快樂！頌！」

四張嘴巴，喔不，加上吉娃娃，合奏愉快，總共五倍喧嘩。

嗯……黃鞋兒點頭呵呵，心裡的騷亂漸漸繞出一絲得意：啊，我攔到時間，並且攔到一隻吉娃娃！

163

這就是攔時間？

吉娃娃也是「空」嗎？

有意思！然而，薛丁格一時間不免有些微慍，被挑起防衛的神經：「這些鞋子還真會製造問題……」

來攻踢的？

難道是遊戲出現更多瑕疵？

其實薛丁格心底，最幽暗的心底，同時慢慢萌生敬意：「玩家和遊戲共生，彼此刺激？」

好，繼續看下去。

薛丁格換個姿勢，不料竟壓到尾巴：「喵……少一截啦！」

一截……

截時間？

「原來我薛丁格的時間是用『截』的？」薛丁格微微一笑。

築時間

164

笛，是竹子做的，所以「竹」時間一定不會有問題！

這是黑鞋兒的邏輯，因此，他拉起耳朵，希望「空」會出現在曲子裡。

黑鞋兒掏一掏耳朵，好讓音符溜進腦袋裡。

陌生的曲子，在風中打轉，黑鞋兒只好噘嘴，模擬。

忽然，吹笛人換了武器，拿出小提琴。

「咦？」黑鞋兒有了疑問：「是我不熟還是他不精？」

所以不好聽？

不如問明？

黑鞋兒拉整衣服，隨即跑到吹笛人面前。

「這是什麼曲子？」黑鞋子溜著好奇的大眼睛。

「第幾號練習曲？」

「為什麼吹笛又拉琴？」

黑鞋兒習慣一次丟出好多小問題，其實是一團揣測，沒有頭緒。

「是巴哈還是哈農？」

「比彈奏或打擊簡單？」

「需要更多技巧還是理論？」

努力搬出聽過的音樂字彙，黑鞋兒根本在玩「連連看」，一邊瞎摸一邊排除，或許幸運找出正解。

他也總是忘記喊停，因為，拉拉雜雜，容易暴露他的弱點。

吹笛人停弓，拉直脖子，面無表情，吐出二字：「無題。」

165

大眼睛，黑鞋兒從小就知道自己有這麼一項「特技」，眼珠子一轉悠起來就會發生好事，譬如，獲得馬尾老師的小親親。

但是同學們不吃這一套。

「撿球去！」

「快！」

「誰叫你亂丟！」

黑鞋兒再加一把勁，他撐開眼皮撐大眼睛，還有嘴巴，表示已經上氣不接下氣：

「我跑不動了！」

「你賴皮！」

「大家都知道你的詭計！」

「對！別演戲！」

喔喔，故技失利！

「我們再也不理你！」

幾個當了五年同學的同學立刻識破黑鞋兒的「特技」，再也看不下去……

哼，我轉學去！

166

新同學果然中計。

黑鞋兒躲開掃地、躲開回收廚餘，卻也同時躲開歡樂，躲開了友誼。

畢業那一天，沒人找他留影，把身影留在童年的最後一天裡……

「沒關係。」黑鞋兒安慰自己。

換個舞台，再演下去！

167

磨練演技也需要時間的。

薛丁格嘆了一口氣：「太入戲，就怕被魅影吞噬。」

唉唷？這是同情？薛丁格霎時察覺到自己「入戲」……

「不行！不行！」薛丁格拍拍雙頰，要讓自己清醒：「旁觀！我得掐住他們！」

再說，還得裁判輸贏，一定要鐵了心……嗯，薛丁格其實挺喜歡這第一批玩家，有點創意！

168

「不是只有詩人才會說『無題』？」

「『早晨』？」

「『春天』？」

「還有什麼、什麼交響曲？」

一連串的問題，黑鞋兒打算把無知演到極致。

吹笛人繼續拉他的小提琴，歪著脖子，他也轉動眼珠，笑著說：「別管那麼多，吩咐你的荷爾蒙，荷爾蒙就會驅動化學物質，你就懂得享受！」

啊，青春就是賀爾蒙！這可容易，現在正是這個年紀！

黑鞋兒忽然懂了：演奏！演戲！演技！

於是，黑鞋兒開始晃腦搖頭，欣賞曲子，假裝音符慢慢鑽進他的耳朵，鑽進他的心窩，啊……能演，要演到真的騙過自己！

169

大人玩小孩遊戲，可以嗎？

或者，小孩玩大人遊戲，可以嗎？

吹笛人把小提琴抱在胸口，呢喃似的：「音樂，都一樣美啊，除非耳朵關著，不然，一定可以直通心房。」

心房？嗯，肉麻的形容！

黑鞋兒攤開手掌壓住兩耳，心裡叨唸：你這吹笛人還真能演……比我厲害喔……

不過，黑鞋兒立刻察覺某種同步的電流，他霎時理解吹笛人話中之意，心裡某個糾結突然被鬆開，不禁鼓動喉嚨，為自己發聲：「我愛演！我最愛演！」

大人也一樣！

叫我讀書，自己掛網一整天。

這不是假裝認真是什麼？

「愛演，礙眼，」黑鞋兒指著天空，再加一段華麗的開場白：「陽光『最礙眼』啦！」

呵呵，夠肉麻了吧！

吹笛人微笑，嘟嘴，一邊瞧著黑鞋兒的演技，一面沉浸在他自己的音樂裡。

黑鞋兒跟著吹笛人拉弓的速度，詢問：「樂音往哪兒飛？」

吹笛人抬眉，吊起眼睛。

「難不成是腦袋？」

吹笛人點頭，壓扁了嘴。

黑鞋兒再追：「心靈音樂？」

170

喔喔！「演」奏可以演到那麼深刻？心靈戲呢！

「笛子，可不可以借我？」黑鞋兒立即直接開口，然後用眼神表示理由：既然你有那麼多支？

做什麼？吹笛人還在拉弓刮弦，也用眼睛提問。

「我也想學。」

「看看我能不能吹出自己？」

「大家都會來看我表演吧？」

「要不要順便唱個歌再說個感言呢？」

一串台詞，一串程序，顯然已經準備上台了？

以前和更早的以前，黑鞋兒一直變換場景，十分努力要變成自己的導演，不過……往往被觀眾噓著……

171

啊，什麼羞辱都忘了、忘了……

總之，目前，有遊戲等著，黑鞋兒便暫時有了藉口以及寄託，所以他大聲宣告：「我正在偷空！」

「偷空？做賊？」吹笛人停弓，放下琴身，自問自答似的：「會比玩音樂好玩嗎？」

嗯……黑鞋兒把回答再考慮一會兒。

吹笛，一種姿態，拉琴，另一種姿態，原來，音樂搭了一個舞台！

「說是遊戲，還挺認真的。」黑鞋兒的頭往左邊歪……

慢慢的，黑鞋兒的頭再往右邊歪，說了：「有打賞，分輸贏。」

「我能玩嗎？」吹笛人露出興致。

172

「啊，又給我出了一個難題！」薛丁格毛起來了，他得滾上兩圈，把憤怒壓下去！

不行！

不行！

角色設定：小孩，少年。

少女也可以。

薛丁格不得不承認：「遊戲分齡，嗯……格局太小了！」

意思是，下回也可能找迷路的大人嗎？

大人，不是喜歡主導？

幹嘛連小孩的遊戲也要插一腳？

「你還是獨奏吧？」黑鞋兒立刻拒絕。

嗯……吹笛人拉著小提琴，動作停格，歪著頭，思索，然後說：「好吧，我還是留在這兒，比較自在？」

「所以，笛子？」

「不借！」吹笛人爽快答應：「給你！我還有好多！」

真的？

吹笛人小心翼翼的，放下小提琴，擱置在長椅之上，接著，打開一旁的袋子。

哇，真的！

黑鞋兒直呼：「全是笛子，簡直一欉竹子啊！」

「這些笛子是木頭做的，所以，是一座森林。」

喔，不是竹笛？有木笛？黑鞋兒搔抓頭髮，不好意思，於是轉移主題：「這麼多支笛子，要幹嘛？你不是只有一張嘴巴而已？」

「哈，看來你是不知道笛子的魔法？」

「趕老鼠。」

「拐小孩。」

「還有，騙自己。」

吹笛人掏出笛子，一支又一支，一個表情搭配一齣劇情。

「送你，因為你是第一個開口跟我要的。」吹笛人給了簡單解釋：「這樣吹，那樣吹，橫豎都行。」

「挑一支。」

「長短都好。」

「只要你愛演，橫豎都可以。」吹笛人熱情鼓動，一句又一句。

橫豎都行？

黑鞋兒似乎聽出什麼，腦中靈感，直送嘴上，自問自答：「原來時間可以花在這裡？」

一曲又一曲？

174

「笛子中空，也是『空』？」薛丁格自問，「而且吹笛人說了，那些笛子是木頭做的……」

喔喔，薛丁格竟然替黑鞋兒擔心。

在時間的魔法之下，誤解就是黑洞。

「不過，會不會是一種批註？」薛丁格並不排斥挑戰，特別是定義，畢竟沒人玩過這個遊戲。

青鞋兒搶走一袋落葉。

黃鞋兒抱著一隻吉娃娃。

黑鞋兒收到一支笛子。

都是偷空嗎？

薛丁格搔搔頭，自問：「落葉、吉娃娃、笛子，我該怎麼用？」

三缺一

175

抱著相機，抓住垃圾，青鞋兒還提著一個胸脯的怦怦，他得趕緊找個灌木叢，讓自己失蹤。

「最早得手？」青鞋兒身子蜷縮，僅僅目光尋搜。

瞧見了！

那是黃鞋兒目送一對夫妻，輕輕揮手，因為抱著一隻小狗。

青鞋兒慢慢呼吸，腦袋也漸漸回復運作。

「不是說偷『空』？」青鞋兒比較彼此的「收穫」：枯葉，是死的，而那隻小狗，明明是活的？

176

「送！」黃鞋兒對著吉娃娃低語：「我是說真的『送』！我會把你送回去！」

等遊戲結束。

約定。

吉娃娃輕吺一聲，再一舔，黃鞋兒不禁閉眼回憶從前，啊……他突然一震，果然吉娃娃是「空」，活蹦亂跳，才能在家人之間拉牽！

牽絆！

「我是不是搶先？」黃鞋兒猛然轉頭，看見一雙黑鞋晃東晃西，然後掛上鐵椅，盯著一支笛。

177

不管！

黑鞋兒端起笛子，湊上嘴邊，吹吹氣，想像樂音。

啊，這麼方便的道具，一拿就入戲，舞台隱形，空間築起，時間就會攏聚。

那「空」，是用來演戲。

一支笛，竹笛或木笛都行，築起舞台，築起時間，築起獨角戲。

「『築時間』，當然就是這麼解釋的！哇哈！」黑鞋兒忍不住用笛子拍掌。

越想越得意，越來越把勝負當成重頭戲，黑鞋兒站在幻想邊際：啊！也許我能一人獨贏！

打敗對手！

黑鞋兒轉頭，轉回現實。

「人呢？都偷到什麼？」黑鞋兒瞪眼，遠眺，觀察動靜。

178

公園此際並不熱鬧，也不算冷清。

綠色，高高低低，高處有鳥，時而飛掠時而暫棲；低處有松鼠，花呢？大概是季節未到或者已經過去，沒有香氣，人味便重，來運動的，快快慢慢，各自計算不同的速率。

抱著小狗的那一雙，是黃鞋。

躲在樹叢的那一雙，是青鞋，腳邊竟然放著一袋垃圾？黑鞋兒一瞄就轉頭，假裝沒看見囉！

「差一個，在哪兒？」黑鞋兒掌握狀況，他轉動笛子，還不知道應該盤算什麼：

「三缺一，接下來，怎麼走？」

掬時間

179

怎麼走？

白鞋兒才走幾步，滿腦疑惑，有塊巨石擋著，這巨石，有形也無形，這一塊大石，表面崎嶇，似乎有路可走！於是，他一抓一蹬，果然，身子不會掉落，於是，再一抓再一蹬，登頂了！

白鞋兒坐穩了，視野變大，心胸也跟著舒展：「啊……看見大半個公園了吧？」

快走？

一個頭戴斗笠的瘦男人，脖子掛著毛巾，嘴巴張開，呼呼哈哈，他擺動兩臂，兩隻腳跟著踩踏，三兩下，迅速經過。

「太趕了！」白鞋兒才撐起手掌，隨即鬆手。

倒著走？

又來了一個男人，高個兒，邊走邊回頭，而且總是偏向左側，可是右手抓著水

瓶，也就是說，慣用右手，所以反向訓練？

也就是說，慣用右手，左手很空？

那麼，右手可以偷左手的「空」？

「真要偷，該怎麼做？」白鞋兒猛然伸出兩手，一晃，他慌張地壓低身子抱住石頭。

拍拍胸口，白鞋兒給自己壓壓驚：「喔喔，嚇死我！差點摔下去！」

180

「唉唷！別嚇我！」薛丁格一顆心臟也蹦到胸口。

「遊戲差點被你毀啦！」

「快走！」

「快，不是指速度是指態度！」

薛丁格著急，他往臉上東揪西抓，抓不到一支符合情緒的鬍鬚，索性攤平四肢，也不滾了，深深呼吸之後，他告訴自己：「玩家形形色色，反正，後果……」

自作自受……

是嗎？時間的魔法書上有沒有登載這一則？

「改天我再去查囉！」薛丁格翻身，趴好手腳，趴鼻子，趴眼睛，然後趴好情緒，繼續，旁觀遊戲。

181

白鞋兒再次搜索：一個胖大叔，慢動作！

上身分三小節，下肢分四小節，身體不合拍？

不會累壞腦袋？

「哇，這個厲害！」白鞋兒盯住，努力把眼睛錯開，兩顆「鬥」眼越來越瘦，最後不得不把兩隻眼睛同時閉起來，「問題是：誰來主宰？」

主宰？那個喵喵叫的、溜掉的怪哥哥？

譬如這個遊戲，非玩不可嗎？

白鞋兒想起黑鞋兒問過大家：「我們是不是太聽話了！」

如果不聽話呢？

白鞋兒晃晃腳，心思飛走了，他伸出手，懸著，一瞬間，身心分離，誰也不挺誰的！別說手抓不到腳的節奏？就連腦袋也忘記使喚，使不上手也停不下腳，不過，這一愣，白鞋兒心底猛然察覺：不合拍，果然可能！

等等！
身心悖叛？裡外陰謀？
剛才不是玩過「戲中戲」？
嗯……白鞋兒微笑一抹，掩飾沒說的算計，溜嘴只問：「到底該怎麼走？」

182

還不走？
會不會你想太多！薛丁格俯視全局，果然，三片葉子湊在附近，只有一片葉子幾乎停滯，而且被拋在遠遠的後方。
「好，也沒關係……」薛丁格擺出仲裁的架式，「只要你能偷到最棒的『空』！」
我這是放水？
偏心？
薛丁格立即幫自己澄清：「不是嗎？偷空，才是遊戲的核心。」
大規則之下不能有小細則？
「不管！不管！我說了就算！我是遊戲的創始人！」薛丁格不是賴皮，他是賴著

「毛」，滾了好幾圈！

183

三缺一，對玩家過意不去，也愧對遊戲。

好，「掬」時間？

白鞋兒用手捧取，一邊動眼，明察；一邊動腦，暗算。

很好，一架三輪車駛近。

「就是它！」白鞋兒準備行動。

正當白鞋兒打算爬下巨石那一瞬，他抬眼，看見樹幹上懸著一截尾巴，但是不見頭！

「哇！鬼喔！」白鞋兒嚇得差點咬到舌頭，他趕緊穩住身體，可千萬不能摔下去呢！

一定神，再探眼，是貓？

嗯！沒錯！

怪哥哥的貓？喔不！喔不！難道怪哥哥是貓？

喵！白鞋兒渾身發毛！所以，我們一直被那個怪哥哥監視著？

白鞋兒跟緊三輪車，慢跑。

一、二、三、四、五、六、七、八……兩隻手數不完的玩具掛滿三輪車的後面，都是破舊的玩偶。

「停下來！」白鞋兒大喊。

嘎吱！

三輪車先生煞住車子，他轉頭問了：「什麼事？我趕時間哪！」

「我有一堆玩偶想送人！」

「送我嗎？」

白鞋兒點頭，接著說：「有一個條件。」

三輪車先生的眼睛先是發亮，然後露出疑慮，很快便斬斷第一個可能：「沒錢。」

「不用錢！當然不用錢！」

稍稍安心，三輪車先生便問：「什麼條件？」

「讓我騎一圈。」

「一圈！」三輪車先生放開把手，右手比出一隻手指。

說一是一！

白鞋兒也端出左手食指，向前舉，再舉高，強調：絕不食言。
「好！」三輪車先生立刻跳下。
「那麼，我騎走囉！」白鞋兒接手。
「玩偶！」
「我一定記得！」
白鞋兒踩得快，三輪車也跑得快，一溜煙，只留下一句承諾：「玩偶！」
送我？
一車子的玩偶？
真的假的？三輪車先生站在原地，傻愣愣的……

185

咦？一！
拖了半天然後只花一秒？
既然這樣，幹嘛折騰！
薛丁格驚嘆連連，他一個蹦跳，跳入遊戲實境，他瞬間現形。
「才喊一，就偷到手！」薛丁格也舉高尾巴，意思是：時間到！遊戲結束啦！

「花時間哪……」薛丁格唸著，鬆了一口氣：「這名稱真有意思哪……」

接下來，集合！

薛丁格抬手，敲敲手錶，再往地上一蹭，人孔蓋立即浮出。

渦流。

葉片漂浮，咦？四片葉子黏在一起？

再一瞧，漩渦竟然不動了，喔不，葉片一起搖盪，既未翻覆也沒有被沖走，漩渦水流看起來便似停滯了。

薛丁格拍拍掌，拍拍腳，瞬間又換形，他從貓變成人，眼眸一如清澈的星空，一襲銀灰燕尾服，恰好遮住藏不了的尾巴。

「我的牛奶路，就差一哩。」薛丁格又瞧了瞧腕上的手錶，期待……

三輪車跑得快

186

白鞋子跑得快，喔不，是三輪車跑得快！

噹啷噹啷，玩偶互撞。

乒乓乒乓，白鞋兒的心口怔忡。

穩住啊！

於是，白鞋兒開始招手。

黑鞋兒追過來，問道：「做什麼？」

白鞋兒搖頭，然後繼續招手。

黃鞋兒也追過來了，看看黑鞋兒一臉疑惑，接著提問：「怎麼做？」

白鞋兒還是搖頭，繼續招手。

青鞋兒當然跟著追過來了，他捧著相機又提著一袋垃圾，看看兩個輕鬆的對手，一支笛和一隻吉娃娃，不禁懷疑：「我還當苦力？」

白鞋兒騎得快，三輪車的鏈條喀啦喀啦的，他的腦袋也轉得喀啦喀啦的，但是，點子亂撞，主意還沒定下來……

187

「一個空地。」

「一個情境。」

對了！白鞋兒的計畫瞬間定案：架構一個陷阱時空！

「那邊，有一片大草坪，可是，一群小娃娃坐在足球上……」黑鞋兒想起小小黑鞋兒最愛的運動，所以幫忙請求：「別偷，讓他們練習控球！」

是喔，一顆顆小足球就是小小的「空」，太寶貴了，偷不得！

青鞋兒立刻尋找另一側，喔，什麼氣味？嗆鼻的？

一個小木牌標示著：「落葉堆肥」。

太好了，青鞋兒以為可以順道解決手中的負荷，所以大喊：「香草園！」

「不行！『霉』時間是棋子，還不能丟棄！」

喔？

也就是說，「霉」、「攔」、「築」、「掬」可以一起？做些什麼呢？

花時間！

四雙鞋忽然同時掛念同一件事兒……

188

「當然，你們最好考慮一樣，否則，偷來的空就摻著雜質，捨了，也會覺得不甘！」薛丁格腳步輕緩，其實他一路掐著時間，剛剛好，才是藝術。

路上，有「空」，幾乎唾手可得！

圍成圓圈的老人團學唱歌。

一個生意人扛著掃帚。

兩個小男孩玩摔角。

三個母子在冥想，席地靜坐。

喧譁的球場上，奔跑、壯碩、裸露、渴求、競爭、朋友。

唸不完的煩惱經。

跳不停的青春舞裙。

「不！不！」薛丁格搖頭又搖頭，不偷，喔，那些「空」啊，早偷了！

薛丁格低頭瞄了瞄那一隻魔法手錶，哼了：「我的『牛奶路』就缺花樣少年少女的『花時間』囉！」

呵！

呃……薛丁格想挲挲「得意鬚」，可是，這會兒人模人樣的，哪能露出貓樣兒！

於是，薛丁格撥撥頭髮，讓前額露出揚揚眉色：「我要……膨脹宇宙！」

189

時空陷阱？

做什麼？怎麼做？

「隧道！隧道！我們需要一個隧道！」白鞋兒忽然大喊。

這邊沒有！

那邊沒有！

「我們自己來做一個！」

時間不夠！

三輪車跑得快，喔不！是白鞋子踩得快，另外三雙鞋子拼命追，追得氣喘咻、咻、咻。

找到了！

兩排樹，拱出一個缺口！

白鞋子猛然剎車，後面跟著三雙鞋子紛紛摔到旁側，誰也沒撞上車子後面釘釘掛掛的玩偶。

「好！趕快動作！」

於是，丟下三輪車，白鞋子帶頭，利用灌木叢的粗枝和大葉，拉一拉，扭一扭，遮住被人踏出來的小徑之上，一條隧道便完成了。

「很好！這裡夠遠、夠安靜……」白鞋兒聲音變小，因為，計畫其實只想到這兒……

青鞋兒、黃鞋兒和黑鞋兒同時盯著白鞋兒，當然是在詢問：然後呢？

然後呢？

190

好，回想一下……

偷空。

相片、半瓶水、乾玉米、毛狐狸。

遊戲。

歸零糕。

花時間。

霉、攔、築、掬。

「時間的魔法！」黑鞋兒立刻跳到結論。

「我們為什麼會在這裡？」青鞋兒後腦悶悶實實挨了一記：「再退回去！」

鞋子踢踏。

塵埃飛起。

偷空，卻想起傷心的過去……

「不行！不要再掉進回憶！」白鞋兒忽然成了總指揮，他趕緊揪住大家的神經：「我們還在玩遊戲！」

沒錯！

貓遊戲！

貓設計！

白鞋兒順著邏輯，推理，他猛然一驚：「我們的時間被玩了，玩弄在怪貓哥哥的股掌之上！」

喔！好深奧的說法，青鞋兒皺起眉頭，說起「夢」話：「貓啊，聽說時間都被睡掉了，就像我睡在課本上面一樣啊，哈哈……」

「送！」黃鞋兒噘嘴，是情緒也是實話：「送給他啦，本來我的時間就是用來嗆罵。」

譬如「屎」啦、「屁」啦，就是另外兩個他鍾愛的發語詞。

「還有，那個『歸零糕』會不會有什麼副作用？」

「不怕！我是夠傻了，不會更糟了，呵呵……」

「送！我是說『送』到嘴邊的東西怎能不吃嘛？」

白鞋兒忽然想到癥結：「就是這個！我們太被動了！」

遊戲、玩家？

規則、輸家？

191

各就各位。

四雙鞋，踩地，稍稍用力，表示鬥志，而且達成默契。

青。

黃。

黑。

白。

四雙鞋，八隻腳，開始在隧道裡裡外外忙了起來。

動作快！

青鞋兒把一整袋落葉撒了，鋪一鋪，恰好掩蓋土地的乾涸。

半瓶水也灑了，黃鞋兒希望能產生什麼效果？

接下來呢？

重頭戲？

「正面迎戰！」白鞋兒點頭，儼然指揮，所以徵詢一句：「接下來便是誘敵，派誰去？」

「最肥美的？」

「我們又不是老鼠，怪貓哥哥不吃吧？」

「沒錯！他在乎的應該是時間吧？」

「所以，我們就用時間來設下陷阱！」

四張嘴巴咕咕唧唧，終於，產生合議。

各司其事。

膨脹宇宙

192

「嘿嘿，我親愛的小宇宙！」薛丁格一邊走，一邊欣賞腕上的手錶，噓……誰都不知道，時間魔法正在裡頭作用著……

所以，薛丁格一點兒都不急喔，他知道這些小鬼總是磨咕磨咕，遊戲時間是他定的，要快？要慢？要延長？要中斷？

薛丁格眨眨眼，裝起怪腔，伸出指頭：「只消我輕輕一撥！」

193

三輪車跑得快，不是的！是白鞋兒踩得快，他後面跟著三雙鞋兒，不是的！是拖！是白鞋兒踩著三輪車，後座拴著三雙鞋子。

咻！

想逃走？

也就是說：四雙鞋子一起，離開遊戲！

離開遊戲！

怎麼可以！

薛丁格始料未及，他得追上去！

追？

這一急，薛丁格立刻撲了過去，四腳著地，尾巴翹起，貓形！畢露無遺！

這一急，心智就被蒙蔽。

因為，三輪車後頭綁的，只是鞋子而已。

194

「追上來……真的追上來了……」白鞋兒大口呼喘，只管用力的踩、踩、踩。

這麼追，會被追到哪裡？說是引誘，說是逼出原形，然後呢？要把薛丁格誘到哪裡？

薛丁格一蹦一跳，抓住後座，低聲咆哮：「不准溜！」

195

這一急，時空便混在一起。
人貓追逐，是哪一齣戲？

196

貓追三輪車？
好多眼睛看了過來。
貓瘋了？
好多嘴巴議論紛紛，大人只覺得稀奇，小孩覺得有趣，幾個小娃甚至笑倒在地，翻滾了！

是的，薛丁格一急就壞事了，一心只想追鞋，忘記自己已經原形畢露，這下子，別說逮人，就連鞋子也碰不得，他更加生氣，他咆哮，他怒吼，可是聽進人類的耳朵，卻是一聲又一聲的貓哭……

喵……

嗚……

197

第一計：誘敵。

白鞋兒出的主意，當然由他來當誘餌。

第二計：逼出原形。

大貓急到無法可施，因為太多眼睛目擊，再厲害的魔法也只能收起。

接下來，第三計？

白鞋兒猛然剎車，大貓一頭撞了上去，人貓忽然對望……

「警察來了！」白鞋兒小聲警告，他看見貓眼竟然閃亮一抹同意。

折返！

下一瞬間，大貓抓緊後座欄杆，再度發出長長的混音。

喵……嗚……

198

三輪車跑得快，怎麼又折回來？

好多眼睛瞄了瞄，便不再理睬。

貓暈了？

好多嘴巴紛紛揣測，但是，大人不再覺得稀奇，小孩也不再覺得有趣，幾個小娃轉頭各玩各的，忽而爆笑、忽而流涕。

「不能勞動警察！」白鞋兒終於知道：避開人群也是關鍵。偷空嘛，就該悄悄進行！

199

回到隧道口，白鞋兒立刻丟下三輪車，衝了進去。

白鞋兒求救：「快！快給我第三計！」

薛丁格緊追在後，他使勁跳出後座，才著地，卻癱了。

「唉唷……剛剛真是折騰……」薛丁格搓揉手腳，他拍拍腕上的手錶，喃喃自語：

「膨膨膨，脹脹脹……」

200

沒有氣力，咒語當然不靈囉！

薛丁格咒罵：「可惡！你們給我等著！」

於是，薛丁格一邊翻滾一邊調整呼吸，貓的呼吸，重新排列天地數據，等於身心歸零，即將抵達九十九歲的壽命。

可這呼吸，也為四雙鞋子留了一些時間，等著，等著，等著交戰……

201

「你們躲不了啦！」薛丁格叫嚷：「喵——嗚——」

一隻大貓衝進隧道。

枝葉彈開，交纏，隧道口因此閉鎖。

202

薛丁格一進入隧道，立即變換人形，一截藏不了的尾巴便揪在手上，他想：就跟你們這些小鬼一般高，不占你們便宜。

拍拍塵土，薛丁格揪揪衣襟，他挺起胸膛，他咳了一聲，接下來，要跟玩家交涉。

為了自己，也是以防萬一，薛丁格敲敲腕上的手錶，輕輕唸起咒語：

膨膨膨
星球碰碰碰
脹脹脹
星球距離拉長又拉長

膨膨膨
脹脹脹
找到希格斯的量子場
使喚暗能量

一句輕一句重，薛丁格使喚他的小宇宙，打算悄悄把隧道吞掉……

203

各就各位？
四雙鞋，丟棄一地，沒有規矩，大概就是……嚇得屁滾尿流？

真是不分青黃黑白哩……

「給我瞧瞧你們的本事吧！」薛丁格提高嗓音，對著隧道深處吆喝：「把我騙到這裡，玩什麼把戲？」

204

隧道口，枝葉交纏，把空間隔離。隧道裡，半幽暗、半澄明，可以看見四個「身體」，隨意席地而坐，略顯騷動卻努力把定。

「歸零糕好吃……」

這一句不符氣氛的開場白太有趣，薛丁格忍不住噗哧一笑：「當然，歸零婆婆花時間呢！」

花時間！

對了！

「霉時間到底要等多久？我可沒時間等那一袋枯葉爛掉！」

「攔時間來陪一隻吉娃娃嗎？我媽不准我養狗！」

「築時間只能吹笛？其實我的聲音很像大提琴……」

「掬時間來散步行不行？或者讀讀小說，或者只要讓腦袋空著！」

四張嘴巴同時開口，情緒霎時宣洩，質問混成一堆。

「時間……總是混了……」薛丁格倒是慢慢的吐字，「所以我會全部收進我的小宇宙。」

咦？這大貓人不兇、不惡？

而且，真帥啊！一雙眼睛亮了！

那一條尾巴會不會太美麗了？第二雙眼睛直瞪瞪……

第三雙眼睛立刻湊了上去，瞧著大貓人腕上的手錶問道：「哪裡買的？」

喂！喂！喂！薛丁格被如此親熱弄得有些彆扭，他皺起眉頭，心想：不是造了這個隧道要來對付我嗎……

第四雙眼睛後退一些，看見大局，忽然驚喊：「啊！我們反而被關在一個籠子裡，誰設計的？」

一定是你！

青鞋兒、黃鞋兒和黑鞋兒同時伸出手指，指向彼此。

白鞋兒立刻跳出來指揮，他轉了話鋒：「你騙我們來偷空到底想幹什麼？」

矛頭當然轉向薛丁格！

「的確，這籠子不鬆不密，不冷不熱，但是足夠將我們隔離喔……」薛丁格起身，先把話題轉移，然後在隧道內走過來、走過去。

嗯，這裡，當做膨脹宇宙的實驗場地，也是挺好的……

但是薛丁格不說，不必說，不久，這個隧道就會被吞掉了，因為他早就唸了咒，但是仁慈一些吧，薛丁格說出警告：「坐穩囉！」

坐穩？

四個屁股可是貼地呢！

才嘟噥，四個屁股開始跳動，接著是手，然後是腳，因為手來抓地，腳想要跪起，甚至往外衝，但是，不知哪兒來的震動，晃得四個身體互相碰撞，肩膀才挨了頭，後背又被膝蓋頂得疼痛，兩兩分開之後，立刻四個又撲成一團……

薛丁格卻閃在一旁，興奮尖叫：「咿呀！」

一切靜止？

只有我們好像碰碰球？

四個身體頓時同感，立刻打開手腳，手拉手，腳勾腳，圍成一個人籠，果然！震動強度漸弱，喔，不！是四個身體適應了搖晃。

既然如此……

「抓貓！」白鞋兒忽然大喊。

四道力量合股，同時滾向大貓人，薛丁格來不及反應，一下子就被抓住，四肢一如大字，人籠變大，因為，青黃黑白恰好嵌入一隻大貓。

「可惡！」薛丁格氣極了，身體露出毛髮，大吼：「放手！」

「可以……考慮！」

「談條件！」

「扣下手銬！」

「先道歉再說！」

四張嘴巴要求不一，但是口氣同樣堅硬，畢竟，眼下找到「人籠」這麼棒的武器，哪能放了貓人？因為四個腦袋還真的不敢保證能想出什麼好計哪。

「喵……」薛丁格有氣無力，叫出軟語。

意思是：同意？

「說！偷空的理由？」

「歸零糕的食譜可不可以給我？」

要給媽媽喔？薛丁格一聽，搖頭，心裡想著：那得去問歸零婆婆。

「花時間可以做什麼？」

「只有霉攔築掬，別的做法行不行？」

薛丁格繼續整理毛髮，噴掉唇上的塵粒，其實是在哼氣：「哎呀，我這遊戲只是測試，但是你們很厲害喔……」

四雙腳丫套進鞋子裡也被套進褒語。

「歸零糕好吃……」青鞋兒第一個掉了進去。

「送！」黃鞋兒一向直言：「爽——快！喔，我是說，偷空，挺有趣。」

白鞋兒立刻識出算計，直切正題：「你那手錶，藏著什麼祕密？」

「對！你老是摸它，趕時間嗎？」黑鞋兒幫腔。

歸零貓

207

「嗚……」薛丁格哭了，因為被問到痛處。

大貓換了一副面容，悲傷，淚珠滾滾，先是抖動肩膀，然後是胸膛起伏，然後全身抽搐，任誰看了都會覺得不忍……

四雙鞋子頓了又頓，根本沒料到這一幕劇情。

不哭！

不哭！

不哭！

不哭！

大貓心中數著數兒：四個，他悄悄讓時間耗著：偷空呀偷空！你們這些傻蛋，所以要不要再練一練，再玩一局？

「嗯……」薛丁格收起悲泣，露出感激：「沒想到，你們這四個小鬼，還不壞嘛！」

壞？

四雙眼睛瞪視。

薛丁格立即換字，還多了客氣：「謝謝各位的參與，嗯……我的遊戲完成測試，再聯絡！」

想走？

四隻手馬上聯手，直逼薛丁格，薛丁格不想再嘗撕扯之痛，於是好聲問道：「真的要說？很黑暗喔？」

208

就用一個小故事來解釋吧。

於是，薛丁格從記憶裡喚出相關人物，打算從貓世界的混沌說起……

「先說手錶。」白鞋兒總是掌握關鍵。

喔！這樣就跳過貓世界的歷史囉！

「好吧！」薛丁格拉起手腕，亮出手錶，他指著錶面上好小、好小的星球，解釋了：「這是我的『牛奶路』，我的小宇宙，我把偷來的『空』都放在這兒！」

哇！

四雙眼睛睜亮，也像那些好小、好小的星球。

「我的時間都在裡面。」薛丁格壓低嗓音，增添神祕。

「喔……貓……時間……」四隻鼻子屏住呼吸。

薛丁格慢慢走到隧道中央，緩緩蹲低，坐下，他掃視四雙眼睛，聚集注意力：

「接下來，看仔細，我的……貓時間……開始轉動。」

然後薛丁格閉上眼睛，喃喃唸起：

膨膨膨
星球碰碰碰
脹脹脹
星球距離拉長又拉長

膨膨膨
脹脹脹
找到希格斯的量子場
使喚暗能量

忽然，薛丁格毛髮飛揚，人形少一分，貓形便多一分。

唸咒之際，薛丁格一邊翻滾一邊調整呼吸，從人的呼吸轉換成貓的呼吸，然後，在貓的呼吸裡，重新排列天地數據，身歸零，心歸零，也就是說，薛丁格在人間的九十九歲壽命即將重來一遍。

209

薛丁格，依然是一隻貓。

本來，他打算用別人的時間換取自己的「空」間，這「空」間，就會變成他的身體，人體。

也就是說，他偷時間，為了變「人」。

偷「空」。

然後，他遇上迷路的鞋兒。

迷路，有不同的理由，這四雙鞋在相同時間相同地點遇上薛丁格。

「偷空遊戲」開始了。

可惜，就差一刻，「牛奶路」裡的儲存全部歸零，薛丁格的世界回復混沌，「膨脹宇宙」暫時不管用……

210

「別忘了給我歸零糕食譜喔？」青鞋兒舔舌。

喵！薛丁格哪裡肯！

「送！願意送你一些……讀書時間，呵呵！」黃鞋兒毫不吝嗇。

嗚……薛丁格的意思是：變人，可以做的事情應該很多……

「那麼，你的手錶可不可以送我？」黑鞋兒拱手央求，隨即撤回，自言自語：「貓時間，我能用到哪裡去？」

是囉，「牛奶路」的時間全部報廢了！歸零！

白鞋兒一無所求，只問：「歸零，然後呢？」

喵！喵！喵！

薛丁格激動大叫，腕上手錶霎時生雲起霧，薛丁格更加著急，在隧道裡跑過來、跑過去。

哎呀！白鞋兒覺得蹊蹺，趕緊追問：「也就是說，宇宙漸漸膨脹，然後呢？」

那個暗能量！

四張嘴巴突然語塞。

快！快！快！

東西塞一塞！

211

薛丁格一邊翻滾一邊調整呼吸，從人的呼吸轉成貓的呼吸，然後，在貓的呼吸裡，重新排列天地數據，身歸零，心歸零，時空歸零，薛丁格的九十九歲壽命開始重來一遍。

「我不愛說再見……」薛丁格收起情緒，隱匿在樹幹之隙，毛髮染綠兩顆眸子一如碧空，閃亮亮的，他捻著左嘴角最底下的一根，祕密鬚。

可不，這一場偷空遊戲，好比祕密。

鞋兒，謝了！

花時間，請隨意。

「哈……呼……繼續當貓，繼續睡覺。」薛丁格伸伸手腳，換個姿勢，趴好，他敲敲碗上的手錶：「貓時間，歸零……」

212

公園遼闊。
有人經過。
時間分流，給變動的，分分秒秒；給安靜的，百刻或者十晝。
「集合！」一個哨聲長長的，吆喝。

213

四雙鞋，踩地，稍稍挪移，偷偷為彼此騰些餘地，奔跑的喘吁尚未和緩，胸脯努力挺凸，假裝鎮定。
青。
黃。
黑。
白。
四雙鞋，八隻腳，肯定玩過什麼遊戲，不但髒兮兮的，沾上草葉塵泥，小腿還輕微抖動呢！

「說！你們混到哪裡去？」老師不分青黃黑白，把四個人一起訓斥。

四張嘴巴，未吐半字。

然後，青鞋兒猛然舉高一袋落葉。

其餘的，全部藏在身後，特別是那一隻小狗。

老師掃視四雙眼睛，有些懷疑，他眨了眨，再探眸，怎麼裡頭好像有些什麼？好像轉著好小、好小的星球？

「嗯！校外服務結束。」老師慢慢踱回隊伍前頭，瞧瞧左右，然後說：「解散！」

四雙鞋兒輕輕一踱……

214

「送！」黃鞋兒神爽無比，他決定：「先把吉娃娃送回去！」

然後呢？

青鞋兒想起自己的承諾，他端起相機：「花時間。」

喔，拍花。

黑鞋兒把笛子讓給白鞋兒，再連同毛狐狸一起掛上三輪車後座。

怎麼？還想偷空？

「啊！」黑鞋兒猛然想到，手腳趴地，演出：貓！

「歸零！」白鞋兒舉高右手，左手捏著鼻頭，然後轉了一圈，慢慢的踱……

薛丁格！

不分青黃黑白，鞋兒們一起猛點頭，似乎發現祕密了？但是，該怎麼說？從何說起呢？

少年文學58　PG2552

偷空遊戲Time Sneakers

作者／蘇　善
責任編輯／姚芳慈
圖文排版／楊家齊
封面設計／劉肇昇
出版策劃／秀威少年
製作發行／秀威資訊科技股份有限公司
114 台北市內湖區瑞光路76巷65號1樓
電話：+886-2-2796-3638
傳真：+886-2-2796-1377
服務信箱：service@showwe.com.tw
http://www.showwe.com.tw

郵政劃撥／19563868
戶名：秀威資訊科技股份有限公司
展售門市／國家書店【松江門市】
104 台北市中山區松江路209號1樓
電話：+886-2-2518-0207
傳真：+886-2-2518-0778

網路訂購／秀威網路書店：https://store.showwe.tw
國家網路書店：https://www.govbooks.com.tw
法律顧問／毛國樑　律師

總經銷／聯寶國際文化事業有限公司
221新北市汐止區康寧街169巷27號8樓
電話：+886-2-2695-4083
傳真：+886-2-2695-4087

出版日期／2021年8月　BOD一版　**定價**／280元
ISBN／978-986-99614-5-5

讀者回函卡

秀威少年
SHOWWE YOUNG

國家圖書館出版品預行編目

偷空遊戲 = Time sneakers / 蘇善著. -- 一版. --
臺北市 : 秀威少年, 2021.08
面； 公分. -- (少年文學 ; 58)
BOD版
ISBN 978-986-99614-5-5(平裝)

863.596 110009366